健美羹

JIAN MEI GENG

主编 雷 宇

编者 张 峻 刘济生 汪建平 李凤良

杨春兰 陈永兴 孙红艳 万 嫣

程乃哲 岳建军 刘 兵 杜 芸

朱玉伟 房 萍 李佳宇 朱 博

付胜祥 杨蕴华

上海科学技术文献出版社

图书在版编目（CIP）数据

健美羹/雷宇主编.—上海：上海科学技术文献出版社，2009.1

ISBN 978-7-5439-3441-2

I.健··· II.雷··· III.保健-汤菜-菜谱 IV.TS972.122

中国版本图书馆CIP数据核字(2007)第195758号

责任编辑：何 蓉
封面设计：汪伟俊

健 美 羹

雷 宇 主编

*

上海科学技术文献出版社出版发行
(上海市长乐路746号 邮政编码200040)
全国新华书店经销
江苏常熟市人民印刷厂印刷

*

开本890X1240 1/32 印张5.625 字数131 000
2009年1月第1版 2009年1月第1次印刷
印数：1-6 000
ISBN 978-7-5439-3441-2
定价：12.80元
http://www.sstlp.com

目　　录

健美水果羹

健美干果羹

健美蛋乳羹

健美畜肉羹

健美禽肉羹

健美河鲜羹

健美海鲜羹

健美杂粮羹

饮食与健美

人人都渴望健美，而健美又与饮食息息相关。

几乎所有的食物都含有脂肪、蛋白质、碳水化合物、维生素和矿物质，但含量有别，因而都各尽其能地为人体提供必需的营养和热量，故营养结构学从人体健康角度考虑，要求食品多样化，以满足人体对营养的需求。

减肥食品常常只注重某类食品的组合，单从减少食品考虑，这种做法人为地破坏了日常饮食中食物的自然组合。营养学家认为，用餐的最佳食谱是：早餐和晚餐以淀粉和糖类食品为主，午餐主要是蛋白质食品。

假如不吃淀粉类食品，摄食的肉类、奶类、蛋类在人体内部不断转化为热量，会使人体缺少蛋白质、维生素和矿物质。

引起肥胖的内因为遗传、内分泌等，外因是过食和缺少运动，所以饮食不能过量，还要有适量的运动，才能保证正常的体重。

人不可能做到吃下去多少就能吸收多少，脂肪只能吸收90%~95%，蛋白质只能吸收85%~92%。因此，不要认为只要掌握了每种食品内含的热量和其他营养物质，就能了解人体从这种食品中吸收了多少能量和营养物质，这是不正确的。

由于熟食品和生食品的重量不同，如熟鸡重量只是生鸡重量的80%。即使同类食品也不相同，如100克童子鸡肉能提供1 650千焦的热量，100克鸡肉能提供1 880千焦的热量，故每餐食品宜根据以上情况定量。

冷食为相等或低于体温的食品，对于同样的食品来说，冷食要吸收体内热量来热化与消化食物，因而有利于身材苗条。

咀嚼食品能消耗一定的热量，饭菜经细嚼慢咽有利于消化。

从营养学角度看，蛋白质、碳水化合物和脂肪对人体同样重要，三者缺一不可，合理组合才能保持体态轻盈、动作敏捷。

健美的关键应当来自人体内部，许多有益于人体健美的食品，对一个人的健美将会起到意想不到的作用。美容驻颜与抗老防衰是密不可分的。葵花子和南瓜子富含锌，人体缺锌会导致皮肤迅速出现皱纹。为此，人们每天嚼食几粒葵花子或南瓜子，可使皮肤光洁，延缓皱纹的形成。同时，每天早、晚可各吃一个猕猴桃，猕猴桃富含维生素 C，有助于血液循环，更好地向皮肤输送营养物质。而维生素 A 可使皮肤富有弹性，延缓松弛，动物肝脏及乳类含有大量维生素 A。

人到 30~40 岁，头发开始老化。而头发的健美是美的关键，青年期就要给予适当的养护。鸡蛋富含硫，每周吃 4 个鸡蛋，可以使头发亮泽。锌和维生素 B 族可以延缓白发的生长。高蛋白食物如肉类、鱼类、蛋类等，再配上新鲜的蔬菜，对头发的养护将起到重要的作用，因为头发的 97% 由角质蛋白组成。

明亮而有神的双眼，可以增加一个人的自然美韵。每周吃 3 次用植物油烧制的胡萝卜，胡萝卜富含维生素 A、维生素 E，能增强视力，起到明目的作用。用带麸皮的面粉做的面包含有大量的硒元素，常吃这种面包，可使眼睛免除细菌、病毒的侵害，有助于防患眼疾。维生素 C 能改善视力，经常吃柑橘类水果有助于眼睛防护。

秀美的指甲可以给女性增添妩媚，科学的饮食搭配，将使女士

拥有晶亮艳丽的指甲。酸奶含有促进指甲生长的蛋白质，每天喝一瓶酸奶大有好处。经常吃核桃和花生能预防指甲断裂，核桃和花生富含能使指甲坚固的生长素。

整齐而洁白的一口牙齿，能给人一种美的感受。每天可吃150克奶酪，并加一个柠檬，奶酪里的钙能使牙齿坚固。维生素C能杀灭口腔里导致龋齿的细菌。此外，多吃鱼和家禽也有益于保护牙齿，因为这些肉类食品中含有固齿的磷元素。

羹作为一类常见的加工食物，在健美方面同样功不可没。据考证，大概有了陶器，也就有了羹。早时的羹是很浓的肉汁，在没有盐之前，这种大羹就是煮肉的肉汤，较为肥腻。有盐以后，刚开始只是施以“盐梅”。当时大羹是古人们吃的“粒食”（在石磨没诞生之前，先民们只能用棒把谷物碾碎成为“糁”，或者就吃黍、稷、粟、麦、稻的种子），大羹是当时最好的下饭佐餐食品，无论贵族和贫民都可以用。

开始以五味调羹，据说是彭祖创造的，他以五味调的雉羹，献给尧，于是才赋予了羹的滋味。彭祖五味调羹以后，羹的含义就成了五味之和。《左传》中有一段文字总结了五味调肉羹的过程：肉或者鱼入清汤煮，然后用酱、醋、肉酱、盐、梅子调味。调和再煮时，要提防过和不及。这过和不及，指的是火候。

古人吃羹有各种讲究。比如一种，吃羹时边上要摆上盐梅。羹是调好味的，这盐梅是为调节客人的口味用的，但只能“执之以右，居之于左”。也就是说，一定要摆在羹的左边，要用右手拿。

做羹，以各种肉或鱼为主料，也要加一点谷物。在春秋战国时期，羹的名目就很多，几乎所有可入口的动物肉都可配以谷米做成羹。比如鸭羹、羊羹、豕羹、犬羹、鳖羹、兔羹、雉羹、鸡羹、羊蹄羹、鹿头羹、鲤鱼羹……肉羹里加上蔬菜，称为“芼羹”。在春秋战国时的诸羹中,最负盛名者要数羊羹,当初诸羹中,以羊羹为最。汉代,是食羹最鼎盛期,出现了各种各样明目的羹。隋唐以后,随着各种烹饪方法的出现,羹在菜肴中不再处主要地位,渐渐转为文人雅士们雅兴发挥的对象。宋林洪的《山家清供》里,汇集了文人雅士创作的各类雅羹十来种,其中,以笋作羹,叫做“玉带羹”;以芙蓉花配豆腐叫“雪霞羹”;以山药、栗配羊汁为“金玉羹”;以葵与芹相配,称“碧涧羹”。张翰的鲈鱼药羹称“锦带羹”。苏东坡的芦菔羹称“骊塘羹”。还有“溪流清处取小石子或带藓者一二十枚,汲泉煮之,隐然有羹之气”,称为“石子羹”。

现代羹的制作,多是在汤的基础上拌入一定数量的湿淀粉,使之浓厚不游动。羹的品种较多,凡是软、鲜嫩的原料都可以制成羹。原料切配以丁为主,因丁易勾芡均匀,但宜小不宜大。勾芡后可以放入必要数量的熟油,推入芡内,使之肥、热、香、亮,如水果羹、豆腐羹、黄鱼羹等。

健美蔬菜羹

番茄豆腐羹

【原料】番茄200克，豆腐200克，毛豆米50克，精盐、味精、白糖、胡椒粉、湿淀粉、清汤、植物油各适量。

【制作】将豆腐切成片，下沸水锅中烫一下，捞出沥水待用。番茄洗净，用开水烫后去皮，剁成茸，下油锅煸炒，加精盐、白糖、味精，炒几下，待用。毛豆米洗净。油锅中下清汤、毛豆米、精盐、白糖、味精、胡椒粉、豆腐，烧沸入味，用湿淀粉勾芡，下番茄酱汁拌匀，出锅即成。

【功用】健美养颜，温补脾胃，益气和中。

白菜山药萝卜甜羹

【原料】白菜、山药、萝卜、白糖各适量。

【制作】将白菜、山药、萝卜分别洗净，再将白菜切碎，山药、萝卜分别切丁，共入一锅，加水煮至诸料酥透。起锅前加糖调匀即成。

【功用】健身泽肤，清热利肠。脾胃虚寒滑泻者不宜多食。

太极豆腐羹

【原料】内酯豆腐400克,荠菜150克,鸡清汤400克,精盐6克,味精2克,胡椒粉0.5克,湿淀粉80克,植物油100克。

【制作】将内酯豆腐切成0.3厘米见方的小粒,投入热水锅中烫一下捞出,浸入冷水中。荠菜摘取嫩叶,洗净,投入沸水锅内稍烫,捞入冷水中浸凉,挤去水分后切成细末。锅中放入鸡清汤、精盐、味精、胡椒粉、豆腐粒,烧开后,用湿淀粉勾芡,淋入植物油(75克)推均匀,然后盛起2/3豆腐羹于汤碗中,余下1/3豆腐羹加入荠菜末调匀并烧沸,淋入植物油(25克),起锅盛入汤碗中。此菜盛装时,应将白、绿双色豆腐羹以太极图形表现出来。

【功用】健美养颜,清热解毒。

木耳毛豆羹

【原料】水发黑木耳200克,嫩毛豆100克,精盐1克,味精1克,湿淀粉10克,麻油20克,酱油15克,菜油25克,清汤1 000克。

【制作】将嫩毛豆洗净,入沸水锅中略烫后捞出,倒入冷水中过凉。水发黑木耳洗净。汤锅置旺火上,放入菜油烧热,下毛豆、黑木耳煸炒片刻,倒入清汤烧沸,放精盐、味精、酱油,用手勺撇去浮沫,淋入麻油,起锅装入大汤碗即成。

【功用】润肤养颜,健脾开胃。

双菇豆腐羹

【原料】嫩豆腐400克,水发香菇50克,鲜蘑菇100克,熟肉片50克,精盐6克,味精3克,植物油50克,葱段、姜段各3克,胡椒粉少许,湿淀粉适量。

【制作】嫩豆腐、水发香菇、鲜蘑菇分别切成边长2厘米的片。锅置旺火上,放入植物油烧热,下葱段、姜段爆香,再下熟肉片、水发香菇片、鲜蘑菇片煸炒,加清水1 000克,烧开后撇去浮沫,放入精盐、味精、嫩豆腐片,烧开后用湿淀粉勾成薄芡,撒入胡椒粉即可。

【功用】健美养颜,防癌抗癌。

番茄银耳羹

【原料】番茄250克,银耳50克,冰糖适量。

【制作】将银耳用清水泡发,洗净,然后放入砂锅中,加水熬至浓稠,再将番茄洗净去皮,切碎捣烂,放入银耳羹中,加白糖调味即成。

【功用】健美养颜,滋阴降火。

东坡羹

【原料】新鲜荠菜200克,米粉50克,豆粉20克,蜂蜜20克。

【制作】将鲜荠菜除去根须、杂物后洗净,入沸水锅中烫1~2分钟,取出沥水,切碎成细末,拌入少许植物油及生姜末,调和均匀,置碗中备用。锅置火上,加水用大火煮沸,缓缓调入米粉和豆粉,煨至黏稠时,加入荠菜细末,边搅动边拌和,羹将成时停火,兑入蜂蜜,和匀即成。煨羹中也可加酸梅10枚。

【功用】强身健美,补益五脏。

扁豆花粉山药羹

【原料】白扁豆粒(炒)30克,天花粉10克,家山药150克。

【制作】将白扁豆粒、天花粉(去杂、洗净后晒干或烘干),共研成粗末,备用。将家山药洗净,除去须根,刨去薄层外表皮,剖条,再切成0.5厘米见方的小丁块,放入砂锅中,加清水适量,调入白扁豆粉、天花粉粗末,用大火煮沸,中火继续煨煮30分钟至稠黏糊即成。

【功用】清热解毒,生津止渴,补虚催乳。

青腌菜毛豆豆腐羹

【原料】嫩豆腐400克,青腌菜75克,毛豆仁75克,精盐6克,味精3克,葱花5克,生姜末3克,植物油50克,胡椒粉、湿淀粉各适量。

【制作】嫩豆腐切成边长为1.5厘米的方丁。青腌菜切成粗末。锅内放入植物油烧热,下葱花、生姜末爆香,再下青腌菜、毛豆

仁煸炒,加清水1 000克烧开,放入嫩豆腐丁、精盐、味精,用湿淀粉勾成薄芡,撒入胡椒粉,盛入大汤碗中即可。

【功用】健美养颜,清热解毒。

慈姑芦笋羹

【原料】山慈姑30克,芦笋300克,冰糖适量。

【制作】将山慈姑去皮切片,芦笋切片,加水及冰糖煮半小时即可。

【功用】健美养颜,化痰散结,清热解毒。

山药二仁羹

【原料】山药100克,酸枣仁15克,薏苡仁30克,白糖10克。

【制作】将酸枣仁、薏苡仁分别去杂,洗净,晾干或晒干,酸枣仁敲碎,除去杂质,与薏苡仁共研为细末,备用。将山药洗净,刮去薄层外皮,切成片或切碎,捣成糊状,放入砂锅中,加适量水,用大火煮沸,趁沸腾时调入酸枣仁、薏苡仁细粉,边加边搅拌,改用小火煨煮,加入白糖,拌煮成羹。

【功用】养心健脾,补肾涩精。

珍珠豆腐羹

【原料】豆腐250克,鸡脯肉20克,鸡蛋清15克,水发海参

25 克，黄蛋糕 20 克，玉兰片 20 克，菠菜梗 15 克，精盐 5 克，淀粉 50 克，植物油 100 克，酱油 10 克，味精 2 克，鸡油 5 克，清汤 100 克。

【制作】鸡脯肉切成 0.5 厘米见方的丁，加入鸡蛋清、精盐、湿淀粉拌匀。水发海参、黄蛋糕、玉兰片切成 0.8 厘米见方的丁。菠菜梗切成丁，入沸水中略烫，捞出沥水。炒锅内放入植物油至五成热（约 150℃），放入鸡脯丁划油后捞出。净锅内放入清汤，加入酱油、精盐、味精，倒入鸡脯肉、海参、豆腐、黄蛋糕、水发玉兰片，沸后撇去浮沫，用湿淀粉勾芡，淋鸡油出锅即成。

【功用】健美养颜，滋阴嫩肤。

太子参银耳羹

【原料】太子参 10 克，银耳 15 克，冰糖适量。

【制作】将银耳用清水泡发，去杂质洗净，与洗净的太子参一同放入砂锅内，加水适量，先用旺火煮沸，再转用小火炖至银耳熟烂，加冰糖调味即成。

【功用】益气养阴，润肺。

山药赤小豆羹

【原料】新鲜山药 300 克，赤小豆 100 克，湿淀粉、白糖、糖桂花各适量。

【制作】将山药洗净，煮熟去皮，切成粒，烧酥待用。赤小豆

洗净，烧酥，同熟山药放在一起，加入白糖，用湿淀粉勾芡后，撒上少许糖桂花即成。

【功用】健脾养胃，利尿消肿，补脾养血。

玉翠羹

【原料】玉米粉100克，菠菜100克，豆腐100克，精盐、味精、麻油各适量。

【制作】将菠菜洗净，用沸水烫过后，切成小段。豆腐切成小块，用沸水烫一下，捞起沥干。将玉米粉用温水调匀后，然后调入沸水锅内煮成糊状时，放入菠菜段、豆腐块、精盐、味精拌匀调好口味。

【功用】强身健美，补气养血，健脾通便。

白木耳薏苡仁羹

【原料】水发白木耳50克，薏苡仁50克，白糖、湿淀粉、糖桂花各适量。

【制作】将薏苡仁去杂，用温水浸泡，泡好后洗净待用。白木耳去蒂洗净，撕成小片待用。锅内放入白木耳、薏苡仁，加清水适量，一同烧煮至薏苡仁熟透时放入白糖烧沸，再用湿淀粉勾芡，加入糖桂花拌匀，出锅即成。

【功用】强身健美，滋阴润肺。

百合荸荠梨羹

【原料】百合15克,荸荠30克,雪梨1个,冰糖适量。

【制作】将荸荠洗净去皮捣烂,雪梨洗净切碎去核,百合洗净,与冰糖一同入锅,加水适量,用大火煮沸后转用小火煮至汤稠即成。

【功用】强身健美,滋阴润肺,清热化痰。

翡翠豆腐羹

【原料】嫩豆腐250克,荠菜150克,水发香菇25克,熟冬笋25克,植物油50克,精盐4克,味精1.5克,生姜末2克,湿淀粉25克,麻油5克,鲜汤适量。

【制作】将豆腐洗净,切成0.8厘米见方的小丁;水发香菇、熟冬笋洗净均切成小丁;荠菜择洗干净,放入开水锅中烫烫断生,用凉水浸凉,捞出控水,切成碎末。锅架火上,放入植物油,烧至六七成热,下入香菇丁、笋丁先煸炒几下,随即下入豆腐丁同炒,炒透后,加入鲜汤、精盐、生姜末,烧开,放入味精和荠菜末搅拌均匀,略烧片刻,用湿淀粉勾羹状芡,淋入麻油,即可出锅。

【功用】健美养颜,滋阴润肤。

荠菜冬笋豆腐羹

【原料】嫩豆腐300克,荠菜100克,净冬笋50克,方火腿50

克，湿淀粉、胡椒粉、葱花各适量。

【制作】豆腐切成边长1厘米的小丁。荠菜放入开水中烫水，捞出后用清水冲凉，挤干水，切成末。净冬笋、方火腿分别切成与豆腐相仿的片。锅置旺火上，放入植物油烧热，下冬笋片、荠菜末煸炒，放入清水1 000克烧开，再放入方火腿、嫩豆腐、精盐、味精，烧开后用湿淀粉勾成薄芡，撒入胡椒粉、葱花，盛入大汤碗即可。

【功用】健美养颜，补益肝肾。

荸荠银耳羹

【原料】去皮荸荠30克，银耳15克，冰糖15克。

【制作】将银耳用温水浸泡，与荸荠同放入砂锅中，加清水适量，用小火煮沸后加冰糖，煮至汤稠即成。

【功用】清热养阴，益胃生津。

草菇豆腐羹

【原料】嫩豆腐200克，面筋15克，水发草菇100克，熟笋、绿菜叶各50克，精盐、味精、生姜末、湿淀粉、麻油、植物油各适量。

【制作】将嫩豆腐、面筋、熟笋分别切成小丁。水发草菇去杂洗净，切成小丁。绿菜叶洗净切碎待用。炒锅置火上，放油烧至八成热，下生姜末炝锅，加入鲜汤、豆腐、草菇、面筋、笋丁，烧一会儿再加精盐、味精，大火烧沸后，加入绿菜叶，烧至主料入味，即用湿淀粉勾稀芡，淋上麻油，出锅即成。

【功用】护肝养胃，祛脂减肥。

冬瓜赤小豆羹

【原料】冬瓜 500 克，赤小豆 50 克，红糖 15 克，藕粉 30 克。

【制作】将冬瓜洗净，去外皮及籽，连瓤切碎，放入家用果汁机中，绞打成糜糊状，放在碗中备用。将赤小豆淘净，放入砂锅中，加水适量，中火煨煮至熟烂，加红糖拌匀，再加冬瓜糜糊，小火煨煮至沸，调入搅匀的湿藕粉，边煨边拌成羹即成。

【功用】健脾利水，祛脂降压。

荠菜肉丝豆腐羹

【原料】嫩豆腐 400 克，荠菜 100 克，猪肉丝 50 克，鸡蛋 2 只，精盐 6 克，味精 4 克，植物油 50 克，胡椒粉少许，麻油 15 克，葱花 5 克，湿淀粉适量。

【制作】嫩豆腐切成 4 厘米长的粗丝。荠菜放入开水中烫水后用清水冲凉，沥干水，切成末。鸡蛋打入碗中打散。锅烧热，放入植物油烧热，下猪肉丝煸炒，烹入黄酒，放入荠菜末、清水 1 000 克，烧开后加精盐、味精、嫩豆腐丝，再烧开时用湿淀粉勾成薄芡，边淋入鸡蛋液，边用勺推成蛋花状，放入麻油、葱花、胡椒粉，盛入大汤碗中即可。

【功用】滋阴润肤。

松菇豆腐羹

【原料】鲜松菇100克,豆腐250克,熟笋50克,熟青豆50克,清汤500克,生姜末、精盐、湿淀粉、味精、植物油、麻油各适量。

【制作】将松菇去根,撕去黑皮,用清水漂洗干净,切成小方丁。豆腐切成小方丁。熟笋切成相应的小方丁。炒锅置大火上,放油烧至八成热,放豆腐丁、松菇丁、笋丁和青豆、清汤烧沸,再下精盐、味精、生姜末烧入味,待汤再沸时,用湿淀粉勾芡,淋上麻油,装入碗中即成。

【功用】滋阴润燥,化痰止咳。

三宝藕丝羹

【原料】山楂糕、青梅、蜜枣各50克,藕250克,白糖50克,湿淀粉15克,鸡蛋2个。

【制作】将藕洗净、去皮、切丝,放入开水中烫一下后捞出。山楂糕、蜜枣、青梅均切丝。将鸡蛋磕开,蛋液放入碗中,加入适量水,打匀后倒在盘内,置笼上蒸成羹。然后将各种丝分别分为5条摆在羹上,中间那条为山楂糕、蜜枣、青梅丝组成,其余四条为藕丝组成。锅置火上,放水烧开,倒入白糖,开锅后加入淀粉调成白色甜汁,浇在羹上即成。

【功用】养阴生津,益气活血,解暑止痛。

百合石斛羹

【原料】百合60克,石斛30克,白糖20克。

【制作】将百合洗净,掰成片状。石斛洗净后切段,与百合同入砂锅中,加入白糖及适量水,用小火煨炖1小时,待百合熟烂时剔除石斛段即成。

【功用】强身健美,养阴生津,升白细胞。

炒豆腐羹

【原料】嫩豆腐250克,青蒜50克,熟猪油50克,鸡油5克,葱花5克,生姜末2克,精盐3克,味精1.5克,湿淀粉25克。

【制作】将豆腐洗净,切成小块或小片,用开水烫一下;青蒜洗净,切成碎末。锅架火上,放油烧至七八成热,用葱花、生姜末炝锅,爆出香味,放入豆腐块,边炒边捣边加盐,炒3~5分钟,将豆腐块搅成碎粒状,放入味精和青蒜末拌匀,用湿淀粉加少许水勾成薄芡成半流质的羹状,淋上鸡油即可食用。

【功用】健美养颜,滋阴润肤。

香菇莼菜羹

【原料】香菇20克,莼菜250克,冬笋25克,榨菜15克,麻油、精盐各适量。

【制作】将莼菜去杂物，洗净切段。冬笋、香菇、榨菜分别切丝。锅中放入清汤，烧沸后加入冬笋丝、香菇丝、榨菜丝，同煮至沸，再加入莼菜，汤沸后加精盐，出锅后淋上麻油即成。

【功用】止呕止泻，降压解毒。

冬瓜肉末羹

【原料】冬瓜 600 克，青豆 30 克，胡萝卜丁 50 克，猪肉末 150 克，清鸡汤 1 罐，淀粉 30 克，生抽 10 克，精盐、麻油、胡椒粉各适量。

【制作】冬瓜去皮再刨碎，连汁放煲内，猪肉末拌入腌料腌 10 分钟。清鸡汤、水及冬瓜碎煲滚，加青豆、胡萝卜丁及猪肉末再煮滚，拌入淀粉水成羹，加盐、麻油及胡椒粉调味即可。

【功用】健美养颜，滋阴降脂。

荸荠黑木耳羹

【原料】取荸荠 150 克，水发黑木耳 100 克，酱油、白糖、醋、植物油、清汤、湿淀粉各适量。

【制作】将黑木耳去杂洗净，沥干水分，撕成片。荸荠洗净、去皮、切片。炒锅置火上，放油烧至七成热，将黑木耳、荸荠同时下锅煸炒，加酱油、白糖、清汤，烧沸后用湿淀粉勾芡，加入醋调匀，装盘即成。

【功用】降压明目。

茼蒿豆腐羹

【原料】茼蒿100克，豆腐200克，海米100克，鸡蛋1个，淀粉15克，精盐3克，白糖5克，麻油5克，汤适量。

【制作】豆腐洗净，切成小方块。海米泡发好。磕开鸡蛋，取鸡蛋清同淀粉拌匀。茼蒿洗净，用沸水烫熟，挤去水分，切成茸。锅置上火，下汤，烧沸，依次下豆腐、海米及茼蒿菜，煮滚开后，加入精盐、白糖、麻油，用少许淀粉勾芡起锅即成。

【功用】和脾利湿，清心养胃。

草菇面筋豆腐羹

【原料】嫩豆腐200克，面筋15克，水发草菇100克，熟笋、绿菜叶各50克，精盐、味精、生姜末、湿淀粉、麻油、植物油各适量。

【制作】将嫩豆腐、面筋、熟笋分别切成小丁。水发草菇去杂洗净，切成小丁。绿菜叶洗净切碎待用。炒锅置火上，放油烧至八成热，下生姜末炝锅，加入清汤、豆腐、草菇、面筋、笋丁，烧一会儿再加精盐、味精，大火烧沸后，加入绿菜叶，烧至主料入味，即用湿淀粉勾稀芡，淋上麻油，出锅即成。

【功用】护肝养胃，祛脂减肥。

冬笋豌豆羹

【原料】冬笋100克，豌豆苗100克，清汤300克，牛奶50克，精盐、味精、胡椒粉、生姜汁、湿淀粉、麻油各适量。

【制作】将冬笋洗净后切成大片，入沸水中烫熟后捞出，控水后放案板上剁成茸，放入碗中。豌豆苗洗净，放入沸水中略烫后捞出，放冷水中过凉，捞出控水后剁成末，放入盛冬笋的碗中，然后加入精盐、生姜汁、味精、胡椒粉拌匀。炒锅上大火，加入牛奶、清汤，烧沸后加入拌好的笋茸，至熟后用湿淀粉勾稀芡，起锅盛入汤碗中，淋上麻油即成。

【功用】补充纤维素，健脾减肥。

金针菇木耳豆腐羹

【原料】豆腐1块，水发黑木耳30克，金针菇50克，葱花、生姜片、蒜片、清汤、植物油、精盐、味精、酱油、黄酒、麻油、湿淀粉各适量。

【制作】将豆腐洗净，切成长方形块。将黑木耳、金针菇择洗干净。锅置火上放油烧至七成热，放入豆腐煎炸至呈金黄色捞出。锅置火上，留适量余油烧热，下葱、生姜、蒜煸炒几下，放黄酒、黑木耳、黄花菇、适量清汤，再放精盐、酱油、味精调味，加入炸好的豆腐，煮3分钟左右，用湿淀粉勾芡，然后倒入砂锅中，淋适量麻油，加盖用中火煲4分钟左右即成。

【功用】健脾益胃，祛脂减肥。

洋参百合羹

【原料】西洋参3克，雪梨1个，荸荠5个，百合20克，冰糖

30 克。

【制作】荸荠用清水洗净，去皮捣烂。雪梨去皮、核，切成小碎块。百合洗净。西洋参研成末。将百合、荸荠、雪梨放入锅中，加适量的水，用小火熬煮 50 分钟，至熟烂成糊状时，加入冰糖、西洋参末，搅匀溶化后盛入干净玻璃瓶中。

【功用】滋阴润肺，止咳化痰，清热除烦。

芹菜黑木耳豆腐羹

【原料】嫩豆腐 200 克，芹菜、胡萝卜各 50 克，黑木耳 20 克，植物油、葱花、生姜末、精盐、味精、湿淀粉、麻油各适量。

【制作】将嫩豆腐洗净，切成薄片，用开水烫一下。胡萝卜及芹菜洗净，切成碎末。黑木耳泡发，择洗干净，撕成小瓣。炒锅内放入植物油，烧至七八成热，用葱花、生姜末炝锅，爆出香味，放入豆腐块、黑木耳，边炒边捣，将豆腐片搅成碎粒状，放入精盐、味精、胡萝卜末、芹菜末拌匀，用湿淀粉勾芡成羹状，再烧 2 分钟，淋上麻油即成。

【功用】强身健美，强健机体，防老抗衰。

双耳羹

【原料】白木耳(银耳)、黑木耳各 10 克，冰糖 5 克。

【制作】将白、黑木耳用温水泡发，同放入碗中，加水、冰糖适量，放入蒸锅中蒸 1 小时，待木耳酥烂后取出。

【功用】滋阴益气，凉血宁络。

海带首乌羹

【原料】海带500克，生首乌粉250克，淀粉750克。

【制作】将海带放入米泔水中，浸泡6~8小时后捞出，洗去白色斑块及沙质，切成丝，晒干或烘干，研成细粉，与生首乌粉以及淀粉混合均匀，再用冷开水在碗内调匀，置沸水锅内，隔水不断搅拌成羹即成。

【功用】养血滋阴，消痰散瘀，降低血脂。

红白豆腐羹

【原料】嫩白豆腐150克，胡萝卜50克，青豆粒10克，白萝卜10克，精盐4克，味精2克，白糖1克，熟鸡油1克，湿淀粉适量。

【制作】嫩白豆腐切成块，胡萝卜去皮切成豆腐一样的块，青豆粒洗净，白萝卜去皮切成青豆粒一样的粒。锅内加水，待水开时，先投入胡萝卜块，待煮到胡萝卜块熟透时，加入嫩豆腐煮片刻，倒入碟中。另取烧锅下油，注入清汤烧开，加入嫩豆腐块、胡萝卜块、白萝卜粒、青豆粒，调入盐、味精、白糖烧透入味，用湿淀粉勾芡，淋入熟鸡油即可。

【功用】健美养颜，降脂嫩肤。

山药绿豆羹

【原料】山药100克，绿豆50克，蜂蜜30克。

【制作】将山药洗净，刮去外皮，切碎，捣烂成糊状，备用。将绿豆淘洗干净后放入砂锅中，加水适量，中火煮沸后，改用小火煨煮至熟烂呈开花状，调入山药糊，继续煨煮10分钟，离火后兑入蜂蜜，拌和成羹即成。

【功用】清热解毒，降脂降压。

黑木耳豆腐羹

【原料】黑木耳15克，豆腐250克，猪腿肉50克，清汤、黄酒、植物油、酱油、花椒、豆瓣酱、精盐、味精、淀粉各适量。

【制作】将黑木耳用温开水浸泡透，至发涨后去杂质洗净，用手撕成小块备用；猪肉洗净后切碎，加入黄酒、酱油、精盐拌匀备用；豆腐切成丁状。植物油下锅，中火烧热后倒入肉末煸炒，再下黑木耳及豆瓣酱，继续翻炒片刻，加入清汤，倒入豆腐丁，加少许精盐，小火煨炖20分钟，用淀粉勾芡，调入花椒、味精，充分拌匀，即可出锅。

【功用】补血活血，散瘀通络，抗骨质疏松。

素三丁木耳豆腐羹

【原料】嫩豆腐200克，发好的海米20克，胡萝卜、冬笋肉、去皮土豆各50克,黑木耳25克,植物油、葱花、精盐、味精、湿淀粉、清汤、麻油各适量。

【制作】将嫩豆腐洗净,切成薄片,放在沸水锅中烫一下后捞出,沥净水分。黑木耳泡发,洗净,切碎。胡萝卜、冬笋肉、土豆洗净,均切成丁。砂锅中放入植物油,烧至七八成热,下入葱花炒香,分别投入豆腐、黑木耳、胡萝卜、冬笋、土豆煸炒,注入清汤,加精盐、海米烧开,煮熟,加入味精拌匀,用湿淀粉勾芡呈羹状,淋入麻油,即可出锅。

【功用】壮体防病,益寿抗衰。

紫菜双耳羹

【原料】紫菜10克,黑木耳20克,银耳10克,蜂蜜10克。

【制作】将紫菜漂洗干净,放于大碗内。黑木耳、银耳均以冷开水泡发,洗净后,与紫菜一并放入碗内,隔水蒸1小时,加入蜂蜜,调匀至羹即成。

【功用】抗骨质疏松,降脂降压,补益肾阴。

清脑羹

【原料】银耳10克,蜜炙杜仲10克,冰糖50克,猪油适量。

【制作】将银耳用温水浸泡30分钟,然后去杂质洗净,撕成片状。冰糖置锅中,加少许水,用小火熬至糖呈微黄色,去渣待用。杜仲置锅中,加清水烧20分钟,取药汁约300克,反复3次,共取药汁1 000余克，与银耳和清水适量一同用大火烧沸再转用小火烧熬3～4小时，待银耳烂时加入冰糖液，起锅前加入少许猪油即成。

【功用】滋补肝肾，清脑宁神，壮腰膝。

灵芝银耳羹

【原料】灵芝9克，银耳6克，冰糖15克。

【制作】银耳用温水发泡后置锅内，加水适量，放入洗净的灵芝，小火炖2～3小时至银耳汤稠，捞出灵芝，调入冰糖汁，即可饮用。

【功用】安神益阴，健脑。

笋茸豌豆羹

【原料】冬笋100克，豌豆苗100克，清汤300克，牛奶50克，精盐、味精、黄酒、胡椒粉、白糖、生姜汁、湿淀粉、麻油各适量。

【制作】将冬笋洗净后切成大片，入沸水中烫熟后捞出，控水后放案板上剁成茸，放入碗中。豌豆苗洗净，放入沸水中略烫后捞出，放冷水中过凉，捞出控水后剁成末，放入盛冬笋的碗中，然后加入精盐、生姜汁、白糖、味精、胡椒粉拌匀。炒锅置大火上，加入牛奶、清汤，烧沸后加拌好的笋茸，至熟后用湿淀粉勾稀芡，起锅盛入汤碗中，淋上麻油即成。

【功用】和中益气，健脾利尿。

翡翠羹

【原料】净菠菜叶 250 克,鸡蛋清 125 克,鸡脯肉 50 克,火腿 5 克,熟猪油 75 克,鸡汤 100 克,精盐 3 克,味精 2 克,白糖 2 克,黄酒 5 克,生姜 2 克,湿淀粉适量。

【制作】将火腿蒸熟,剁成细末。生姜切末。菠菜叶洗净,剁成菜泥。鸡脯肉剁成肉泥。炒锅置火上,放入熟猪油 25 克,下入菠菜泥、精盐、味精、黄酒、白糖炒几分钟,加入鸡汤 50 克,用勺不断地搅匀,烧开后,用湿淀粉勾芡,调成稠羹之后,倒入盘里的一边。将鸡蛋清放入碗内,加入鸡泥和剩下的黄酒、精盐、白糖、味精及湿淀粉等,用筷子搅打,再加入剩下的鸡汤,来回搅拌成鸡茸。将剩下的熟猪油倒入锅内加热,倒入鸡茸,随时翻搅,使其成稠羹,倒在盘子的另一边即成。

【功用】健美强身。

豆腐蔬菜羹

【原料】内酯豆腐 30 克,胡萝卜 5 克,鲜香菇 1/2 朵,白菜、菠菜各 10 克,鸡汤 100 克,酱油 3 克,白糖少许,麻油、湿淀粉各适量。

【制作】用纸巾将豆腐包起来,放入微波炉中加热约 30 秒钟,切成 1 厘米大小的方块。将胡萝卜、鲜香菇、白菜切成细丝。菠菜下开水锅烫熟后切成 2 厘米长的段。锅内加麻油烧热,放入切好的胡萝卜、鲜香菇、白菜煸透,加入鸡汤、酱油、白糖调味，烧沸后加入菠菜段，用湿淀粉勾芡，盛入豆腐上即可起锅盛盘。

【功用】健美强身。

熟拌茄羹

【原料】嫩茄子 400 克，麻油 8 克，甜面酱 5 克，精盐 2 克，味精 1 克，蒜瓣 10 克。

【制作】将蒜瓣拍碎，剁成茸。嫩茄子去皮后竖切为 4 条，放入沸水锅内煮熟，捞出沥水，放入碗内，加入甜面酱、精盐、味精、麻油、蒜茸搅拌成泥即成。

【功用】健美强身。

豆沙山药羹

【原料】山药 400 克，赤小豆 100 克，什锦果脯 100 克，白糖 100 克，桂花 5 克，湿淀粉适量。

【制作】将山药刮去皮，上锅蒸熟后放入 50 克白糖，搅烂。红小豆焖熟，去皮制成沙，放 25 克白糖、5 克桂花拌匀。将豆沙用饭铲在盘中做成圆饼形，外边用山药泥封严，将豆沙包在里边，山药泥上摆放果脯丁。炒锅上火，放入清水 75 克、白糖 25 克，烧开后用湿淀粉勾稀芡，浇在山药羹上。

【功用】健美养颜，强身健脾。

玉米菠菜羹

【原料】玉米粉150克,菠菜、豆腐各100克,精盐、味精、麻油各适量。

【制作】将菠菜洗净,用沸水烫过后切成小段。豆腐切小块,用沸水烫一下,捞起沥干。将玉米粉用温水调匀后,调入沸水锅内煮成糊状,放入菠菜段、豆腐块、精盐、味精拌匀,淋入麻油,调好口味,即可食用。

【功用】健美养颜,益气养血,润肠减肥。

鸡茸菠菜羹

【原料】菠菜叶250克,鸡茸50克,鱼露、味精、鲜汤、鸡蛋清、淀粉各适量。

【制作】将菠菜叶烫熟后捞出,放入打碎机内加水和菜叶打成菜茸,待用;将鸡茸加蛋清调和。炒锅置火上,加入鲜汤、盐、味精,将菜茸下入,待汤开后勾薄芡,盛入砂锅中。炒锅重置火上,加入鲜汤、鸡茸、鱼露、味精,尝好味后,汤开后勾少许湿淀粉,推搅汤汁,使其均匀,汤成糊状时出锅,用汤勺盛入有菜汁的砂锅上面,拨成太极形状即成。

【功用】健美养颜,滋阴降脂。

桂花豆腐羹

【原料】嫩豆腐250克,鸡蛋3个,蒜苗50克,水发木耳15克,植物油50克,盐3.5克,味精1.5克,葱花5克,生姜末2克,胡椒粉2克,湿淀粉25克,鲜汤适量。

【制作】将豆腐洗净,投入沸水锅中烫透,捞出,切成米粒大小碎粒;鸡蛋打入碗内,用筷子轻轻搅打成均匀的蛋液;木耳、蒜苗洗净,切成细末。锅架火上,放油烧至七八成热,下葱花、生姜末炝锅,爆出香味后,加入鲜汤、盐,烧开,投入豆腐粒、蒜苗末、木耳末,再烧开,用湿淀粉勾成羹状芡,将鸡蛋液徐徐倒入,同时用手勺向一个方向搅动,倒完搅开,加入味精拌匀,淋入明油,撒上胡椒粉,即可出锅食用。

【功用】健美养颜,滋阴润肤。

鸡金藕粉羹

【原料】炒鸡内金10克,藕粉50克,白糖适量。

【制作】把炒鸡内金研为极细粉,与藕粉、白糖调匀,用刚沸的开水冲泡,搅拌成糊即可,也可烧成藕粉糊。

【功用】健脾开胃,增进食欲,生津止泻。

韭菜糯米羹

【原料】韭菜、糯米各适量。

【制作】两味加水适量煮成羹。

【功用】益气健脾，温中行气。

雪花黄瓜羹

【原料】嫩黄瓜 500 克，嫩玉米粒 50 克，方火腿 50 克，鸡蛋 2 只，精盐 6 克，味精 5 克，鸡汤 1 000 克，植物油 50 克，葱花 3 克，胡椒粉、湿淀粉各适量。

【制作】嫩黄瓜去皮、瓤，与方火腿分别切成嫩玉米粒大小的粒。将鸡蛋磕破，取鸡蛋清放入碗内搅匀。锅内放入鸡汤、嫩玉米粒、黄瓜粒、方火腿粒烧开，撇去浮沫，加入精盐、味精、胡椒粉，用湿淀粉勾成薄芡，边淋入鸡蛋清，边用勺推散成雪花状，放入葱花、植物油，盛入大汤碗即可。

【功用】健美养颜，降脂减肥。

百合莲心羹

【原料】百合 100 克，莲心 3 克，冰糖 20 克。

【制作】将百合掰成瓣，洗净，放入砂锅中，加适量水，煮沸后改用中火煨煮至百合酥烂，加入洗净的莲子心，并调入冰糖，改用小火煨煮 10 分钟即成。

【功用】滋阴降火，宁心安神。

银耳百合羹

【原料】银耳25克，百合50克，去心莲子50克，冰糖50克。

【制作】将百合和去心莲子加水煮沸，再加入泡发洗净的银耳，小火煨至汤汁稍黏，加入冰糖，冷后即成。

【功用】安神健脑。

银耳杜仲羹

【原料】银耳20克，炙杜仲20克，灵芝10克，冰糖150克。

【制作】将杜仲和灵芝洗净，加水先后煎煮3次，合并药汁，熬成约1 000克，银耳用清水泡发，去杂质洗净，加水用小火熬至微黄色，再加入药汁，继续用小火熬至银耳酥烂成胶状，加入冰糖溶化即成。

【功用】养阴润肺，益胃生津。

芝麻山药羹

【原料】黑芝麻15克，山药30克，白糖20克。

【制作】将黑芝麻炒香碾成细末；山药煮熟搅成泥，再与白糖拌匀。锅内加水适量，大火烧沸，加入黑芝麻末、山药泥、白糖，边加边搅匀，中火煮3分钟即成。

【功用】补益肝肾，益精养血，乌发悦色。

银耳美容羹

【原料】银耳 30 克,黑芝麻 50 克,核桃仁 50 克,葡萄汁 50 克,蜂蜜 150 克。

【制作】将黑芝麻、核桃仁炒香,研碎。银耳用清水洗一下,再用热水发涨,去净根部硬质部分。净锅置中火上,加入清水,放入银耳,烧开后改用小火慢熬,加黑芝麻和核桃末、葡萄汁、蜂蜜,炖至银耳软烂汁稠即成。

【功用】补血养颜。

茴香羹

【原料】鲜茴香苗、精盐、味精各适量。

【制作】将鲜茴香苗择去杂质,洗净,切成小段。锅内加清水适量,置旺火上烧沸,投入鲜茴香苗,再加精盐和味精调味,烧片刻即成。

【功用】温肾散寒,除口臭,乌须发。

枸杞银耳羹

【原料】枸杞子 10 克,银耳 10 克。

【制作】将枸杞去杂,洗净。将银耳用清水泡发,去杂,洗净,撕成小片,放锅内,加水适量煮沸,加入枸杞子煮至银耳熟透,出锅即成。

【功用】护眼明目。

马齿苋荸荠羹

【原料】鲜马齿苋、荸荠粉各30克,冰糖15克。

【制作】鲜马齿苋洗净捣汁,取汁调荸荠粉,加冰糖,用滚开的水冲熟至糊状。

【功用】解毒祛湿。

香菇豆腐羹

【原料】嫩豆腐250克,水发香菇75克,净冬笋(或茭白)50克,豌豆25克,植物油50克,生姜末2克,湿淀粉25克,味精1.5克,麻油5克,精盐4克,鲜汤适量。

【制作】将嫩豆腐洗净,用开水烫一下,切成0.4厘米见方的小方丁;香菇、冬笋洗净,均切成与豆腐丁大小相同的丁;豌豆洗净。锅架火上,放油烧至七八成热,加入鲜汤,烧开,随即投入豆腐丁、香菇丁、冬笋丁和豌豆,再加精盐、生姜末、鲜汤,再烧开后,放入味精拌匀,用湿淀粉勾羹状芡,淋上麻油,即可装入汤碗内食用。

【功用】健美养颜,滋阴润肤。

健美水果羹

青梅栗肉甜羹

【原料】栗子150克,青梅2个,藕粉50克,白糖适量,糖桂花适量。

【制作】将栗子用刀切开一个口,放入温水中浸泡,剥去外壳及种皮,洗净,切成小块。青梅去核,切成小丁。藕粉用清水调成糊状。先把栗子块放入锅中,倒入适量清水,用大火煮沸后,改用小火煮至熟烂,再放入青梅丁、白糖调好口味,用藕粉勾芡,放入糖桂花即成。

【功用】健脾开胃,补肾益气。

苹果西米羹

【原料】苹果250克,西米100克,白糖30克。

【制作】将苹果洗净,去皮、核,切成丁。西米洗净,放温水中浸泡30分钟,放入沸水锅里烧至透明,捞出,投入冷水中过凉。炒锅置火上,加清水、苹果丁、西米、白糖、水,烧开后再煮2分钟即成。

【功用】健脾开胃,生津止渴。

橘瓣银耳羹

【原料】干银耳10克,橘瓣100克,白糖150克,湿淀粉10克。

【制作】将银耳放在碗内,加水浸泡,涨发后去掉黄根、杂质、洗净。锅置火上,放入清水150克,下银耳,烧开后转小火,盖严锅盖,煮至银耳软烂,加白糖、橘瓣,用湿淀粉勾薄芡,盛入碗内即成。

【功用】滋养肺胃,生津润燥,理气开胃。

水果羹

【原料】梨罐头1罐,香蕉、苹果各2个,山楂糕1小块,橘子2个,白糖200克,菱粉两小匙。

【制作】将苹果洗净,除去皮核,切成小块。将橘子去皮分瓣。将山楂糕切成小丁。梨罐头打开,取出梨,切成小块。菱粉加适量水化开。在锅内放入适量水,烧开后倒入苹果、梨和罐中水,煮开后加入白糖和湿菱粉调匀,加入山楂糕丁和橘瓣即成。

【功用】强身健美。

梨丁西米羹

【原料】水发大西米250克,生梨3只,橘皮10克,冰糖适量。

【制作】梨去皮切丁,加水煮 10 分钟,投入橘皮丁再煮片刻,下水发大西米,沸煮 3 分钟,加冰糖煮溶即成。

【功用】清热润肺,生津止渴。

烩什锦果羹

【原料】苹果、菠萝、鸭梨、香蕉、柿饼各 100 克,樱桃 10 颗,荔枝、山楂糕、白糖各 50 克,葡萄干、藕粉、糖桂花各适量。

【制作】将苹果、菠萝、鸭梨、香蕉、荔枝洗净,去皮除核,切成丁。将柿饼、山楂糕均切成碎丁。炒锅置火上,放入清水、白糖烧沸,用手勺撇去浮沫,再放入香蕉、柿饼、苹果、鸭梨、荔枝、菠萝丁及葡萄干、糖桂花,煮沸,用藕粉勾芡,出锅装入汤碗内,再放入樱桃、山楂糕丁即成。

【功用】滋补润肺,生津止渴。

豆沙香蕉羹

【原料】香蕉 400 克,赤小豆 100 克,什锦果脯 100 克,白糖 100 克,桂花 5 克,湿淀粉适量。

【制作】将香蕉去皮压成泥后放入 50 克白糖,搅烂。赤小豆焖熟,去皮制成沙,放 25 克白糖、5 克桂花拌匀。将豆沙用饭铲在盘中做成圆饼形,外边用香蕉泥封严,将豆沙包在里边,香蕉泥上摆放果脯丁。炒锅置火上,放入清水 75 克、白糖 25 克,烧开后用湿淀粉勾稀芡,浇在香蕉羹上即成。

【功用】 健脾润肠，益血养颜。

赤小豆荸荠羹

【原料】 赤小豆 50 克，鲜荸荠 100 克，白糖 20 克。

【制作】 将鲜荸荠拣杂，放入水中浸泡片刻，削去荸荠外皮及荠眼，洗净，剖开，切成荸荠小丁，备用。将赤小豆淘洗干净，放入砂锅中，加水浸泡片刻，大火煮沸后，改用小火煮至赤小豆酥烂、汤汁稠浓时，加入荸荠丁及白糖拌匀，煮成羹即成。

【功用】 养阴，清热，止血。

香蕉百合银耳羹

【原料】 干银耳 15 克，鲜百合 120 克，香蕉 2 根，枸杞子 5 克，冰糖 100 克。

【制作】 干银耳泡水 2 小时，拣去老蒂及杂质后撕成小朵，加适量水入蒸笼中蒸半个小时后取出备用。新鲜百合洗净去老蒂。香蕉洗净去皮，切为 0.3 厘米小片。将所有材料放入炖盅中，加调味料入蒸笼蒸半个小时即成。

【功用】 养阴润肺。

苹果雪梨陈皮羹

【原料】 苹果 1 个，雪梨 1 个，陈皮 3 克，白糖 30 克，淀粉

适量。

【制作】将苹果、梨子洗净，去皮、核，切成丁，陈皮洗净切碎，一同放入锅内，加适量水，煮熟至烂，加入白糖，再用湿淀粉勾薄芡，出锅即成。

【功用】补中益气，清热化痰。

苹果粟米豆腐羹

【原料】豆腐250克，洗净的带皮苹果1个，罐头粟米1听，白糖、精盐、淀粉、味精、清汤、植物油各适量。

【制作】将豆腐、带皮苹果均切成小方粒。锅中加汤，烧开后放入豆腐、苹果、粟米和精盐、白糖、味精等调料。汤再开时，用湿淀粉勾芡，再淋入适量明油即成。

【功用】润肺生津，健脾助运。

猕猴桃水果羹

【原料】猕猴桃200克，苹果1个，香蕉2个，白糖、湿淀粉各适量。

【制作】将3种水果分别洗净，切成小丁，放入锅内，加适量水煮沸，再加白糖，用湿淀粉勾稀芡，出锅即成。

【功用】清热解毒。

山楂扁豆羹

【原料】鲜山楂60克，白扁豆60克，藕粉50克，白糖20克。

【制作】将鲜山楂洗净，切成山楂果片，放入砂锅中，加水适量，浓煎2次，每次30分钟，合并2次煎汁，备用。白扁豆拣杂洗净后，放入温开水中浸泡30分钟，倒入砂锅中，再加适量清水，大火煮沸后改用小火煨煮1小时，待白扁豆酥烂时，加入山楂浓煎汁、白糖，并以调湿的藕粉缓缓加入，边煨边搅拌，呈稠羹状即成。

【功用】消食健脾，促进食欲。

枇杷银耳羹

【原料】新鲜枇杷150克，干银耳10克，白糖20克，湿淀粉适量。

【制作】将新鲜枇杷剥皮去核，切片待用。干银耳放入水中泡发，拣去杂质，洗净后放入碗中，加清水适量，置笼上用大火蒸60分钟左右，使银耳糯滑涨发。锅内加清水适量，加入白糖，烧开后放入银耳、枇杷片，煮至沸，用湿淀粉勾成薄芡，出锅即成。

【功用】补肺益气，和胃止呕。

杏仁梨子藕粉羹

【原料】苦杏仁15克，梨子50克，藕粉50克，冰糖15克。

【制作】将苦杏仁拣杂，放入温开水中泡涨，去皮尖，连同浸泡液放入碗中，备用。将梨子切碎，剁成糊，待用。烧锅置火上，加清水适量，放入杏仁浸泡液，煎煮 30 分钟，过滤取汁，与梨子糊同放入锅中，拌和均匀，小火煨煮至沸，拌入调匀的湿藕粉及冰糖（研末），边拌边煨煮成羹。

【功用】止咳化痰。

香蕉西米羹

【原料】香蕉 5 只，西米 75 克，玫瑰花瓣 3 瓣，糖桂花 2 克，白糖 175 克，干淀粉 15 克。

【制作】西米盛入碗用冷水浸泡；香蕉去皮，切成指甲大小的片待用。炒锅洗净，加水煮沸，倒入西谷米，小火煮至无白心时加白糖，沸起后撇去泡沫。淀粉用水调成糊，入锅勾薄芡，下香蕉，搅匀起锅盛入汤碗中，撒上玫瑰花瓣和糖桂花即成。

【功用】润肠通便。

雪梨银耳羹

【原料】雪梨 2 个，水发银耳 30 克，川贝 10 克，白糖适量。

【制作】将雪梨洗净，去皮、核后切成小块待用。川贝洗净。银耳去蒂，去杂，洗净，撕成小片，与雪梨块、川贝、白糖一同放入炖盅中，置笼上蒸至银耳黏滑、熟透即成。

【功用】滋阴清肺，止咳化痰。

山楂橘皮桂花羹

【原料】山楂 50 克,鲜橘皮 30 克,桂花 2 克,白糖 10 克,红糖 15 克。

【制作】将新鲜橘皮用清水反复洗净,切成豌豆样小方丁,备用。将山楂洗净后,去核切成薄片,与洗净的桂花、橘皮一同放入砂锅中,加水适量,大火煮沸后,改用小火煮 20 分钟,调入白糖、红糖,煮成羹即成。

【功用】活血化瘀,祛湿降压。

荔枝银耳羹

【原料】荔枝 30 克,银耳 20 克,藕粉 30 克,白糖 15 克。

【制作】将荔枝去壳、核,放入冷水中洗净。银耳去杂后用冷水泡发,去蒂,与荔枝肉同入炖锅中,加水适量,小火煨炖 1 小时,待汤黏稠时,加入用冷水调匀的藕粉、白糖,上小火搅拌均匀,直至成稠羹。

【功用】润肺宁心。

番茄山楂陈皮羹

【原料】熟番茄 200 克,山楂 30 克,陈皮 10 克。

【制作】将山楂、陈皮分别洗净,山楂去核切成片,陈皮切碎,

同放入碗中，备用。将成熟番茄放入温水中浸泡片刻，反复洗净，连皮切碎，剁成番茄糊，待用。砂锅中加清水适量，调入山楂、陈皮，中火煮20分钟，加番茄糊，拌匀，改用小火煮10分钟，以湿淀粉勾兑成羹即成。

【功用】降脂减肥，通脉散瘀，降脂保肝。

苹果山楂首乌羹

【原料】苹果1个，生山楂50克，制首乌30克。

【制作】将苹果外表皮反复洗净，连皮切碎，放入榨汁机中搅打1分钟，使成苹果浆汁，备用。将生山楂、制首乌拣去杂质，洗净，切片，晒干或烘干，研成细末，放入砂锅中，加入清水拌匀，大火煮沸，改用小火煮成稀糊状，调入苹果浆汁；煮5分钟，用湿淀粉勾芡成羹即成。

【功用】滋阴养血，行气散瘀，降血脂。

苹果玉米羹

【原料】苹果2个，玉米粉50克，胡萝卜100克，蜂蜜20克，牛奶适量。

【制作】将苹果洗净，去皮、除核后切成小片，胡萝卜切成小片，与玉米粉、牛奶一并放入榨汁机中搅成果蔬汁，如果蔬汁太浓可加适量白开水调稀。蜂蜜放入杯中，先倒入一些果蔬汁搅溶、搅匀，再倒入全部果蔬汁，搅匀即成。

【功用】益气健脾,降脂护肝。

百合枇杷藕羹

【原料】鲜百合30克,枇杷30克,鲜藕3克,桂花2克。

【制作】将鲜百合、枇杷、鲜藕洗干净,将藕切成片,枇杷去核,加水合煮,将熟时调入淀粉,煮沸成羹。食用时调入桂花。

【功用】化痰散瘀,生津止渴。

猕猴桃银耳羹

【原料】猕猴桃100克,水发银耳50克,白糖适量。

【制作】猕猴桃洗净,去皮、核,切片。水发银耳去杂,洗净撕成片后放于锅内,加水适量,煮至银耳熟,加入猕猴桃片、白糖,煮沸出锅即成。

【功用】润肺生津,滋阴养胃。

菠萝樱桃羹

【原料】菠萝罐头1听,红樱桃25克,冰糖、藕粉各适量。

【制作】将罐头菠萝切成樱桃大小的丁。樱桃洗净。藕粉放入碗中,加水调好,待用。将菠萝汁倒入锅内,加冰糖、水,置火上烧开后,加入菠萝丁、樱桃,再烧开后,用藕粉汁勾芡即成。

【功用】养益脾胃,生津止渴。

烩山楂羹

【原料】山楂糕150克,荸荠5个,白糖250克,湿淀粉适量。

【制作】将山楂糕碾成细泥。荸荠洗净,去皮后拍松剁碎,放入碗中,用清水和匀。炒锅置火上,加入清水,倒入白糖煮至溶化,用手勺撇去浮沫,再用湿淀粉勾流水芡,然后加入山楂糕、荸荠并搅匀,之后出锅盛入大碗中即成。

【功用】健脾消食,活血化瘀,生津止渴。

山楂山药羹

【原料】鲜山楂100克,山药200克,湿淀粉30克,鲜汤、精盐、味精、麻油各适量。

【制作】将山楂去核,洗净切成薄片。山药去皮洗净,剖开,斜切成薄片。锅内加鲜汤、山药片、山楂片烧开,撇去浮沫,放入味精、精盐调味,用湿淀粉勾芡即成。

【功用】健脾胃,助消化。

山楂雪梨羹

【原料】山楂500克,雪梨250克,藕、白糖各适量。

【制作】将山楂洗净去子,水煮15分钟,用勺将其压成糊浆,

加入白糖溶化后倒入碗中，将雪梨与藕洗净，切成薄片，放入碗中即成。

【功用】清热平肝，消食和胃，降压降脂。

草莓羹

【原料】鲜草莓250克，白糖150克，土豆粉适量。

【制作】将草莓洗净，用淡精盐水浸泡后取出，沥干水分，捣烂待用。炒锅置火上，放入清水、白糖煮沸，用冷水将土豆粉调好，再用土豆粉勾芡，待煮沸后起锅，加入草莓泥，拌匀过凉后即成。

【功用】解暑生津，健脾助食。

桂花银耳柑羹

【原料】蜜柑250克，银耳30克，白糖50克，湿淀粉、糖桂花各适量。

【制作】将蜜柑洗净去皮。银耳用温水浸泡回软后，摘去根蒂，洗净，然后放入碗内，加少量清水，置笼上蒸约1小时取出。炒锅置火上，将蒸好的银耳连汤倒入，随后加入冰糖煮沸，撇去浮沫，之后放入蜜柑复煮沸，用湿淀粉勾芡，再放入糖桂花，出锅装碗即成。

【功用】醒酒生津，润肺止咳。

莲蓬菠萝羹

【原料】鲜莲蓬20只,罐头菠萝1/2听,白糖50克。

【制作】将鲜莲蓬剥开,取出莲子,去皮去心,用清水洗净,放入碗中。炒锅上火,加入适量清水及白糖,煮至溶化,倒入莲子稍煮,然后出锅倒入大碗内,晾凉待用。把菠萝切成方丁,放入碗中,倒入原汁。原锅洗净置火上,加入适量清水及余下的白糖煮沸,然后将糖水冰镇。把莲子和菠萝连同原汁分装入碗,再加入冰镇的糖水即成。

【功用】补气生津,健脾益胃。

樱桃蚕豆羹

【原料】樱桃100克,净蚕豆150克,冰糖150克,糖桂花适量。

【制作】将净蚕豆放入开水锅中煮熟后捞出,沥干水,放入盘中。炒锅置火上,放入清水,加冰糖溶化至黏时,放入糖桂花,倒入碗内,放入樱桃和熟蚕豆即成。

【功用】健脾养血。

香蕉三丁羹

【原料】香蕉75克,橘子50克,梨50克,苹果50克,白糖50

克，淀粉适量。

【制作】将香蕉洗净去皮，切成小块。橘子剥去外皮，分成瓣。梨、苹果洗净，去皮、核，切成小丁。将切好的香蕉和水果三丁倒入锅内，放水放白糖，置火上烧开勾芡，停火，晾凉即成。

【功用】健脾开胃。

荔枝桂圆羹

【原料】鲜荔枝肉 10 枚，桂圆肉 20 枚，冰糖、炼乳各适量。

【制作】锅置火上，加入水，放入炼乳煮沸，然后放入冰糖烧开，待冰糖溶化后倒入碗内。将荔枝肉、桂圆肉切成细丁，放入装有热炼乳的碗中即成。

【功用】羹甜味美，安神健脑。

薏苡仁橘羹

【原料】薏苡仁 150 克，无核蜜橘 500 克，白糖、糖桂花、湿淀粉各适量。

【制作】将无核蜜橘剥去外皮，掰成瓣，用刀片去薄皮，切成小丁。薏苡仁洗净后放在碗内浸泡备用。锅置火上，放入清水适量，捞入薏苡仁煮沸，改为小火慢煮，待薏苡仁熟烂，加入白糖、桂花卤、橘丁烧沸，用湿淀粉勾稀芡，出锅装碗即成。

【功用】嫩肤养颜，健脾利湿。

杏仁苹果豆腐羹

【原料】豆腐3块，杏仁24粒，苹果1个，香菇4只，精盐、麻油、湿淀粉各适量。

【制作】将豆腐切小块后置水中泡一下，捞起。将香菇搅成茸并压成泥，煮滚，放盐、麻油调味，用湿淀粉勾芡成豆腐羹。杏仁去皮，苹果切粒，同搅成茸。待豆腐羹冷却后，加杏仁、苹果糊拌匀即成。制作时一定要将原料搅成细茸，没有颗粒。

【功用】补血养血。

西瓜桂圆羹

【原料】西瓜、新鲜桂圆、橙子、白糖、湿淀粉各适量。

【制作】将橙子洗净，去皮，切成小块。西瓜去皮、子，取瓤，切成小块。桂圆去壳、去核，将肉撕开。锅内加水煮沸，加入白糖，将切好的水果倒入略沸，放入湿淀粉勾成薄芡，出锅盛碗中即可食用。

【功用】补锌强身。

芡实桃羹

【原料】芡实粉80克，碎核桃仁30克，去核大枣15只，红糖适量。

【制作】将芡实粉用适量的凉水打成糊，加入滚开水锅中搅拌，倒入核桃仁和大枣肉，煮成糊状，加入红糖拌匀即成。

【功用】强身健美。

甜橙莲子羹

【原料】甜橙300克，发好的莲子150克，白糖、湿淀粉各适量。

【制作】将甜橙洗净，去皮，去筋，切成丁。莲子装入碗内，上笼蒸熟后取出。炒锅上火，加入清水、白糖煮沸，撇去浮沫，用湿淀粉勾芡，放入莲子、甜橙，搅拌均匀，起锅装入汤盘中即成。

【功用】开胃健脾，润肠通便。

木瓜银耳羹

【原料】银耳1个，百合15克，红枣4枚，木瓜500克，牛奶适量。

【制作】将银耳浸软，去蒂切开；加入百合及去核切成小瓣之红枣，加水煮至绵软嫩滑。再取木瓜除去皮、核，切成块状或细粒状，加入煮开片刻，调入适量鲜牛奶即成。

【功用】健美养颜，清热解燥，健胃消食。

健美干果羹

荔枝枣羹

【原料】荔枝干7枚,红枣12枚,藕粉、红糖各适量。

【制作】荔枝去壳与红枣一同放入锅中,加水焖煮成汤。将藕粉调水后勾薄芡,加红糖调味。

【功用】健美养颜,补脾益肝,生血养心,安中益气。

山药桂圆荔枝羹

【原料】鲜生山药100克,桂圆肉15克,荔枝肉3个,红糖20克。

【制作】将生山药去皮切成薄片。将山药片、桂圆、荔枝肉同煮,煮好后加红糖搅匀即成。

【功用】益心补肾,催乳下奶。

花生红糯羹

【原料】花生米150克,红糖150克,糯米粉15克。

【制作】花生米连衣冲洗后,加上红糖及适量水,用小火煮至酥烂,再用糯米粉加水勾芡。

【功用】健美养颜,理气利水。

莲子核桃羹

【原料】莲子 50 克,核桃肉 15 克,枸杞子 10 克,大枣 5 个。

【制作】核桃肉捣碎。大枣去核。莲子研磨成粉,用凉开水调成糊状,放入开水中搅拌,再入核桃肉、枸杞子、大枣肉,煮熟成羹。

【功用】补肾,强腰。

八珍羹

【原料】山楂 15 克,鸡茸 100 克,茯苓 15 克,薏苡仁 15 克,红枣 5 个,芡实 15 克,白扁豆 50 克,麦芽 15 克,糯米粉 40 克,山药 15 克,白糖 50 克,红糖 50 克。

【制作】将山楂等六味药装放纱布袋内,与鸡茸、红枣、白扁豆同下入砂锅内,添满清水用中火熬沸,改为小火慢熬约 1 个小时,拣去药布袋,烧开后撒入糯米粉,汤浓稠时加红、白糖搅匀即成。

【功用】健脾开胃,清热利湿,消食固肾。

莲子香蕉羹

【原料】莲子 150 克,香蕉 500 克,核桃仁、花生米各 50 克,冰

糖适量。

【制作】香蕉剥去皮，切成2厘米长的段。将莲子、核桃仁、花生米洗净，一同入锅中，加适量清水，煮至熟烂，将香蕉下入，放冰糖，微沸煮至冰糖溶化即成。

【功用】养心肾，通血脉，填精髓。

莲子芝麻羹

【原料】莲子20克，黑芝麻15克，白糖20克。

【制作】将芝麻炒香研成细末。莲子去皮、去心，放入锅内，加适量水，以大火烧沸，改用小火慢慢煎熬1小时后加入芝麻粉和白糖，搅匀即成。

【功用】生发乌发，益胃健脾。

花生栗子羹

【原料】花生米、熟栗子肉各50克，白糖适量。

【制作】将熟栗子肉与花生米一同捣烂如泥，再加白糖拌匀成羹。

【功用】补肾强身，壮骨益髓。

百合栗子羹

【原料】鲜百合100克，鲜板栗肉100克，白糖150克，湿淀粉

50 克。

【制作】百合剥片后清洗干净，与板栗同放碗内，加水少许，置笼上蒸 30 分钟。锅内放清水 400 克，烧开后放入蒸好的百合、板栗，加糖 150 克，待糖溶化后勾芡即可装碗。

【功用】滋阴清肺，安神醒脑。

栗子藕粉羹

【原料】栗子 15 个，莲子肉 100 克，藕粉 60 克，白糖适量。

【制作】将栗子用刀切开一个口，放入温水中浸泡，去壳及皮，洗净，用开水煮熟，切碎备用。将莲子肉用温水洗净，浸泡发好，去心，放入锅中，加水适量，煮至熟烂。将藕粉放入碗中，用冷水调和成糊状，与栗子肉一起，慢慢地注入莲子汤锅中，边煮边搅，再加入白糖调味即成。

【功用】补气安神。

黑木耳豆枣羹

【原料】黑木耳 30 克，黄豆 50 克，大枣 15 枚，山楂片、湿淀粉各适量。

【制作】将黑木耳用偏凉的温水泡发，撕成瓣，洗净，备用。黄豆、大枣分别洗净，放入砂锅中，加水适量，大火煮沸后，改用小火煨煮 1.5 小时，待黄豆熟烂，加黑木耳以及少许山楂片，继续煨煮至黄豆、黑木耳酥烂，用湿淀粉勾芡成羹。

【功用】补益肝肾,温脾补血。

花生桂圆首乌羹

【原料】花生米 50 克,桂圆肉 20 粒,制首乌 15 克,当归 6 克,大枣 10 个,冰糖 25 克。

【制作】将首乌、当归去净灰渣,烘干,研成细粉。大枣去核,切成小粒。花生米、桂圆肉剁碎。净锅置火上,加清水约 700 克,加入首乌、当归粉末,煎几开之后,下入花生米、桂圆肉、大枣、冰糖,熬成约 300 克的羹汤即成。

【功用】泽颜悦色,养血乌发。

莲子苹果羹

【原料】莲子 50 克,白果 25 克,栗子 30 克,橘饼 25 克,苹果 25 克,香蕉 25 克,橘子 25 克,蜜枣 25 克,白糖、湿淀粉各适量。

【制作】白果、栗子、橘饼、苹果、香蕉、橘子、蜜枣等均切成莲子大小,加入适量的洁净莲子、白糖和水,烧滚用湿淀粉勾芡即成。

【功用】补血滋阴,健脾固肾,安神益智。

莲子蒸蛋羹

【原料】鸡蛋 2 个,莲子 50 克,熟猪油、酱油、精盐、味精、湿淀粉、鲜汤各适量。

【制作】莲子泡发。鸡蛋打入碗中,加莲子、精盐、味精、湿淀粉,用鲜汤调成蛋糊。蛋糊碗入蒸笼中,旺火沸水蒸约25分钟。熟猪油与酱油一起加热溶化,淋在蛋面上即成。

【功用】安神补血,滋阴润燥,益精明目。

扁豆薏苡仁莲枣羹

【原料】白扁豆粒、薏苡仁各50克,莲子30克,大枣15枚,红糖20克。

【制作】将白扁豆粒洗净,研成细粉。薏苡仁、莲子、大枣用冷水泡发,大枣去核,洗净后入砂锅中,加水适量,先以大火煮沸,调入白扁豆粉拌匀,再以小火煨煮1~2小时至薏苡仁、莲子煮烂成花并黏稠至羹时,加红糖搅和均匀即成。

【功用】补虚益气,健脾养血。

黑木耳栗子羹

【原料】黑木耳、栗子肉、核桃仁、苹果、香蕉、橘子、蜜枣各25克,白糖、湿淀粉各适量。

【制作】黑木耳泡发,择洗干净,切成小块。核桃仁、栗子肉、香蕉、苹果、橘子、蜜枣均切成丁。锅中放清水适量,加入黑木耳、栗子肉、核桃仁、苹果、香蕉丁、橘子丁、蜜枣丁和白糖烧沸,用湿淀粉勾芡,盛入大碗内即成。

【功用】补中益气。

大枣花生赤小豆羹

【原料】 大枣 50 克，花生米 50 克，赤小豆 100 克，白糖适量。

【制作】 将以上前 3 味洗净入锅，加水适量，煮熟烂，加入白糖，调匀即成。

【功用】 益气养血，补脾生血。

花生莲子羹

【原料】 花生米、熟莲子各 50 克，核桃仁 30 克，白果、熟栗子、橘饼、苹果、香蕉、橘子、蜜枣各 25 克，白糖、湿淀粉各适量。

【制作】 花生米浸泡过夜。将花生米、核桃仁、白果、栗子、香蕉、苹果、橘饼、橘子、蜜枣均切成与莲子大小相仿的丁块。锅中放清水适量，加入主料和白糖烧沸，待花生米、白果等熟后，用湿淀粉勾芡，盛入大碗内即成。

【功用】 补中益气。

花生山药羹

【原料】 花生米 50 克，鲜山药 150 克，湿淀粉 30 克，白糖适量。

【制作】 花生米浸泡过夜。山药去皮，洗净，切成小块。先把花生米放入锅内，倒入适量清水，用大火煮沸后，改用小火煮至八成熟，放入山药块再煮至熟烂，加入白糖调好口味，用湿淀粉勾芡即成。

【功用】补肾益精，强腰壮骨，养血添髓。

米糠芝麻藕粉羹

【原料】大米皮糠、黑芝麻各30克，藕粉60克。

【制作】将大米皮糠与拣净的黑芝麻同入锅中，微火翻炒至香，趁热研成极细末，放入较大碗中，加藕粉，先用适量冷开水调化均匀，再加清水拌和均匀，置于冷水锅中，隔水加热，在水沸腾过程中将其调成亮糊状稠羹即成。

【功用】补肾益气，和胃养血，润肠减肥。

桂花鲜栗羹

【原料】鲜栗子肉100克，干藕粉25克，白糖150克，糖桂花15克，蜜饯青梅半个，玫瑰花两瓣。

【制作】鲜栗子肉洗净，切成薄片，放入锅内煮熟。锅置旺火上，舀入清水400克，烧沸，倒入栗子片和白糖，继续烧沸，撇去浮沫，另将藕粉用清水25克调匀，慢慢地淋入锅内调成羹，盛在荷叶碗中，青梅切成薄片放在羹上面，撒上糖桂花和玫瑰花瓣即成。

【功用】健脾开胃。

花生银耳百合羹

【原料】银耳 25 克,花生米、百合、莲子各 50 克,冰糖适量。

【制作】花生米、百合、莲子分别用温水泡软。银耳用温水泡发,洗净。冰糖打碎。将花生米、百合、莲子放入锅内,加适量水,用大火烧沸后,放入泡发的银耳,用小火炖至汤汁稍黏、莲子熟烂时,加入冰糖,调匀即成。

【功用】清心安神,滋阴降压。

栗子银耳羹

【原料】栗子 15 个,银耳 15 克,太子参 5 克,冰糖适量。

【制作】将栗子用刀切开一个口,放入温水中浸泡,去壳及皮,洗净,切碎。银耳用清水泡发,去杂质,洗净。太子参洗净。冰糖打碎。银耳、太子参、栗子肉一同放入锅内,加水适量,先用大火煮沸,然后用小火炖至熟烂,加入冰糖,溶化即成。

【功用】强身健美,养阴润肺。

黄芪姜枣蜂蜜羹

【原料】黄芪 20 克,生姜片 10 克,大枣 10 枚,蜂蜜 30 克,藕粉 50 克。

【制作】将黄芪切片用冷水浸泡 20 分钟,与生姜片、大枣同入锅中，加适量水，用小火煎煮30分钟，去渣留汁，趁热调入藕粉，在火上稍炖片刻成稠羹状，离火，兑入蜂蜜，调匀即成。

【功用】健脾温胃。

桂圆桑葚参枣羹

【原料】桂圆肉15克，桑葚30克，党参15克，大枣15枚，蜂蜜20克。

【制作】将大枣、桑葚分别洗净，大枣放入温开水中浸泡片刻，去核后，与桑葚同切碎，剁成糜糊状，备用。党参择洗干净，切片，放入洁净纱布袋中，扎口，与择洗干净的桂圆肉同入砂锅中，加水适量，大火煮沸，改用小火煨煮30分钟，取出药袋，滤尽药汁，加入桑葚、大枣糜糊，并加适量温开水，煨煮成黏稠汁液，停火，调入蜂蜜，拌和成羹。

【功用】补虚益气，补血养血。

花生蜜枣栗子羹

【原料】花生米100~200克，蜜枣10~20枚，栗子肉100克，冰糖适量。

【制作】将花生米、蜜枣、栗子肉分别洗净，一同放入砂锅中，加适量的水，煎煮至烂熟，加冰糖调味，再稍煮即成。

【功用】健脾，益气，养血。

糖枣芝麻莲子羹

【原料】大枣(去核)、黑芝麻、莲子、枸杞子各50克,蜂蜜、白糖各适量。

【制作】大枣、黑芝麻、莲子、枸杞子分别洗净,大枣煮熟,莲子泡软。将大枣、黑芝麻、莲子、枸杞子一同放入碗中,加蜂蜜、白糖及少量清水,置笼上用大火蒸至熟烂。

【功用】滋润五脏,健脾胃,补肝肾。

八宝莲子羹

【原料】熟莲子50克,白果25克,熟栗子25克,橘饼25克,苹果25克,香蕉25克,橘子25克,蜜枣25克,白糖、湿淀粉适量。

【制作】将白果、熟栗子、橘饼、苹果、香蕉、橘子、蜜枣切成与莲子大小相仿的丁,与莲子、白糖一同放入砂锅内,加水适量,煮沸后用湿淀粉适量勾芡,待白果熟后起锅即成。

【功用】滋补强壮,健脑强身。

决明子核桃芝麻羹

【原料】决明子30克,核桃仁30克,黑芝麻30克,薏苡仁50克,红糖10克。

【制作】将决明子、黑芝麻分别拣杂、洗净后,晒干或烘干,决明子敲碎，与黑芝麻同入锅中，微火翻炒出香，趁热共研为细末，备用。将核桃仁拣杂、洗净，晾干后研成粗末，待用。将薏苡仁拣杂，淘洗干净，放入砂锅中，加水适量，大火煮沸后，改用小火煨煮成稀黏糊状，加红糖，调入核桃仁粗末，拌和均匀，再调入决明子、黑芝麻细末，小火煨煮成羹即成。

【功用】补益肝肾，滋阴降脂。

罗汉白果羹

【原料】罗汉果 1 个，白果 50 克，淀粉适量。

【制作】将白果敲破外壳，剥出果仁。白果仁用少量的水煮开约 5 分钟捞出浸入冷水中，再剥掉果仁外衣，用牙签挑出白果心，另换水用小火煮约 15 分钟至白果酥松韧滑后捞出备用。罗汉果敲开，加开水 500 克，盖好盖浸约 30 分钟，倒入锅内烧开（留下果壳还可浸泡），加入煮好的白果，用湿淀粉勾芡出锅即成白果羹，用小碗分装即成。

【功用】清肺化痰，润燥止咳。

栗子百果羹

【原料】栗子肉 150 克，葡萄干 35 克，去核蜜枣 100 克，冬瓜 50 克，青梅 25 克，白糖 100 克，藕粉 40 克。

【制作】将栗子放碗内，上笼屉蒸熟取出，切成碎粒；蜜枣、冬瓜、青梅分别切成与葡萄干大小相同的碎粒。藕粉用少量清水在碗

内调好，待用。将切好的栗子、蜜枣、冬瓜、青梅和葡萄干放入锅内，加750克清水置火上烧开，下入白糖，用调好的藕粉勾成薄芡即成。

【功用】滋补润肺，生津止渴。

山萸花生羹

【原料】山萸肉250克，五味子、核桃仁、花生米各100克，冰糖适量。

【制作】五味子洗净，倒入砂锅内，用冷水浸泡半小时，小火煎至半碗汁，滤出，复煎汁半碗，弃渣取汁。核桃仁、花生米放入瓷盆内，倒入五味子药汁，浸泡半小时，将洗净的山萸肉倒入，拌均匀，放入冰糖，加盖，隔水蒸3小时离火即成。

【功用】润肺通脉，降低血压。

养心莲子核桃羹

【原料】莲子250克，核桃仁100克，黑芝麻、冰糖各120克，女贞子、生地黄各50克，黄酒4匙，蜂蜜120克。

【制作】女贞子、生地黄洗净，一同入锅，加水煎煮，去渣留汁。莲子、核桃仁用温水浸泡1小时，煮开后改小火煮40分钟，将药汁加入，继续煎煮30分钟，将冰糖、蜂蜜倒入锅内，加黄酒，煎煮15分钟，而后加入黑芝麻，不停搅拌，以防煳底，再煎煮15分钟离火，冷却即成。

【功用】活血降压，护心益脑。

核桃芝麻葛根羹

【原料】核桃仁100克,黑芝麻30克,葛根粉30克,蜂蜜20克。

【制作】将核桃仁、黑芝麻分别拣去杂质,核桃仁晒干或烘干,黑芝麻微火炒香,共研为粉。锅置火上,加适量清水,大火煮沸,调入核桃仁粉、黑芝麻粉、葛根粉,改用小火煮,边煮边调,待羹糊将成时停火,兑入蜂蜜,拌匀即成。

【功用】滋补肝肾,降脂。

花生山楂核桃羹

【原料】花生50克,山楂30克,核桃仁30克,黑芝麻30克,红糖20克。

【制作】将花生洗净、晾干,入锅,小火翻炒至熟、出香,备用。将黑芝麻拣净,入铁锅,微火炒香,待用。将核桃仁洗净,晒干或烘干。将山楂洗净、切片,去核后晒干或烘干,与花生、黑芝麻、核桃仁等拌和均匀,共研为细末,调入红糖即成。服食时将其放入碗中,用温开水调匀,隔水蒸至糊状即成。

【功用】滋补肝肾,活血化瘀,利湿降脂。

木耳大枣羹

【原料】黑木耳50克,大枣20枚,红糖20克。

【制作】将黑木耳拣去杂质,用温水泡发,洗净,放入砂锅中,加入洗净的大枣及清水,用大火煮沸,改用小火煨1小时,待黑木耳、大枣酥烂成糊状时将枣核夹出,加红糖,拌和均匀,再煮至沸即成。

【功用】益气补血,散瘀降脂。

桂圆大枣羹

【原料】桂圆肉30克,大枣10枚,白糖30克。

【制作】将桂圆肉洗净,大枣冷水泡发(去核),与白糖同放入锅中,加适量水,小火上煨煮成稠黏的甜羹,撒上桂花少许即成。

【功用】补益心脾,宁心安神。

桂圆薏苡仁莲子羹

【原料】桂圆肉30克,薏苡仁50~100克,莲子100克,冰糖适量。

【制作】将莲子用水泡发,去皮、去心洗净,与洗净的桂圆肉、薏苡仁一同放入砂锅中,加水适量,煎煮至莲子酥烂,加冰糖调味即成。

【功用】补心血,健脾胃。

杏仁莲子羹

【原料】甜杏仁200克,莲子200克,京糕丁50克,白糖

50 克。

【制作】将莲子、杏仁洗净，分装在 2 个碗内，再分别加入开水焖泡一段时间，然后滗去水。杏仁去皮，莲子去心，分别放入 2 个碗内，然后在 2 个碗内加入白糖、清水，用筷子搅几下，装入笼；莲子、杏仁蒸约 30 分钟后取出。炒锅置火上，放入清水、白糖，烧开后晾凉，然后放入冰箱中。取几个小碗，分别放入莲子、杏仁以及冰镇好的糖水和原汁，撒上京糕丁即成。

【功用】补脾润肺。

银耳柿饼羹

【原料】水发银耳 25 克，柿饼 50 克，白糖、湿淀粉各适量。

【制作】将柿饼去蒂切成丁，银耳洗净去杂质，撕成小片，一同放入砂锅内，加水适量，用旺火煮沸后转用小火炖至银耳熟烂，加入白糖调味，用湿淀粉勾芡即成。

【功用】润肺止血，和胃涩肠。

桂圆蛋羹

【原料】净桂圆肉 50 克，鸡蛋 2 个，白糖适量。

【制作】将桂圆肉冲洗干净。鸡蛋打入碗内，搅拌均匀，然后加入少量清水、桂圆肉、白糖，并拌匀。把碗装入笼屉，蒸约 20 分钟即成。

【功用】补益脾胃，养心安神，补血安胎。

山药莲子薏苡仁羹

【原料】薏苡仁、山药、莲子各30克。

【制作】上3味洗净，一同放入锅中，加清水适量，大火煮沸后，改用小火煮1~2小时，煮成羹后，调味。

【功用】健脾祛湿。

薄荷莲子羹

【原料】净莲子300克，冰糖300克，干薄荷、桂花、湿淀粉各适量。

【制作】将莲子用温水浸泡后，冲洗干净。干薄荷冲洗干净，放入锅中，加入适量清水，煮沸入味后捞出薄荷，把薄荷汤汁倒入碗中。炒锅置火上，加入薄荷水、莲子、冰糖，旺火煮沸后，再改用小火煮至莲子熟透，用湿淀粉勾芡，调入桂花，起锅装碗即成。

【功用】理脾开胃，疏风解表。

核桃豆腐羹

【原料】核桃仁、豆腐、鲜汤各适量。

【制作】将核桃用小火干炒后压碎。豆腐切丁加入鲜汤炖15分钟。最后将豆腐起锅，撒上核桃即可。

【功用】养颜补脑。

豆浆杏干羹

【原料】豆浆100克,杏干100克,土豆粉80克,白糖、柠檬酸各适量。

【制作】将豆浆和土豆粉调成糊备用。杏干洗净,用热水浸泡2~3小时,用大火煮沸,改小火煮至熟烂,去核,研碎成泥状,加白糖、柠檬酸,搅拌均匀,加入豆浆调成的土豆粉糊,用中火煮沸3~5分钟,不断搅拌(以防煳锅底),煮至稠稀适中,离火倒入容器中,冷却即成。

【功用】生津止渴,润肺通便。

豆浆杏仁银耳羹

【原料】豆浆100克,甜杏仁浆、糯米浆各50克,水发银耳50克,冰糖适量。

【制作】水发银耳洗净,去根蒂,蒸熟。豆浆煮沸3~5分钟,兑入甜杏仁浆、糯米浆,搅拌均匀,用小火煮沸,不断搅拌,待煮成糊时,放入蒸熟的银耳和原汤,煮至沸,离火后加入冰糖调味即成。

【功用】滋阴润肺,降压降脂。

桂圆枣仁藕粉羹

【原料】桂圆肉20克,枣仁30克,藕粉50克。

【制作】将枣仁洗净,放入砂锅中,用温开水浸泡片刻,加适

量清水，大火煮沸，改用中火煨煮30分钟，加入桂圆肉，用小火煨煮至枣仁酥烂，调入用冷水拌和均匀的藕粉，边调边搅，煨煮成羹。

【功用】补益心脾，健脾止泻，宁心安神。

山药枸杞奶羹

【原料】鲜牛奶200克，山药200克，枸杞子15克。

【制作】将山药洗净，刨去外皮，切碎，剁成山药糜糊，备用。枸杞子洗净，放入砂锅中，加适量水，中火煨煮30分钟，调入山药糜糊，改用小火煨煮片刻。鲜牛奶用另锅煮沸，沸后即离火，缓缓调入枸杞山药羹中，拌和均匀即成。

【功用】补肾健脾。

芝麻栗子羹

【原料】黑芝麻15克，栗子、白糖各20克。

【制作】将黑芝麻炒熟碾成细末。栗子去皮切成小颗粒，入锅中加水适量，以大火烧沸，中火煮30分钟，再加入黑芝麻末和白糖，搅拌均匀即成。

【功用】补五脏，固肝肾，乌发。

核桃豌豆羹

【原料】鲜豌豆肉200克，核桃仁15克，白糖、藕粉适量。

【制作】豌豆肉用开水煮熟，捣成泥。核桃仁用开水稍泡后去皮，捣成泥。随后将两者一同放入锅内，加水适量，煮沸后加入白糖，再加藕粉搅调成羹。

【功用】补血养血。

三仁羹

【原料】葵花子仁100克，松子仁100克，核桃仁200克，红糖50克。

【制作】将葵花子仁、松子仁、核桃仁分别洗净，晾干或晒干，入锅，用微火烘干或焙干，共研成细末，与红糖充分拌和均匀，瓶装，备用。

【功用】强身健美，安神宁心，益智健脑。

核桃仁芝麻羹

【原料】核桃仁30克，芝麻30克，米粉100克。

【制作】将核桃仁、芝麻洗净，放入热锅中用小火炒熟，取出研成粉，再加入米粉（或烂粥），加水适量，拌匀成糊状即可。

【功用】补钙壮骨。

莲子茯苓羹

【原料】莲子肉200克，粟米250克，茯苓60克。

【制作】将莲子肉、粟米、茯苓共研为粉末，并加白糖适量，调匀，压制成糕，蒸熟即成。

【功用】固肾涩精。

花生核桃芝麻羹

【原料】花生米 50 克，核桃仁 25 克，芝麻 15 克，植物油、白糖各适量。

【制作】将花生米用植物油炒熟，研成末；将芝麻、核桃仁洗净，小火烘干，共捣烂，研末。将花生米、核桃仁、芝麻末用沸水冲泡，加入适量白糖即成。

【功用】益肾润肠。

松仁南瓜羹

【原料】南瓜 750 克，熟松子仁 50 克，精盐 6 克，味精 4 克，鸡汤 1 000 克，植物油 50 克，湿淀粉适量。

【制作】南瓜去皮、瓤，切成小块，置笼上蒸熟，冷却后放入粉碎机中打碎成南瓜茸。锅内放入鸡汤烧开，加精盐、味精，用湿淀粉勾成薄芡，然后拌入南瓜茸、植物油，盛入大汤碗，撒上熟松子仁即可。

【功用】滋阴壮骨。

健美蛋乳羹

马齿苋蒸鸡蛋羹

【原料】新鲜马齿苋100克,生鸡蛋2枚,精盐、味精适量。

【制作】将新鲜马齿苋除去杂质,洗净、切碎、捣汁,放碗内;再将鸡蛋打入,与马齿苋汁相混搅匀,徐徐加入适量温开水,边加边搅拌,再放入精盐、味精调味,上屉蒸熟即成。

【功用】强身健美,清热生津。脾胃虚寒,滑泄者勿用。

冰糖五彩玉米羹

【原料】嫩玉米粒50~100克,鸡蛋1只,豌豆、枸杞子、菠萝丁、冰糖、淀粉各适量。

【制作】将嫩玉米蒸熟,或用干净纱布包起来,用小擀面杖压烂,放入开水中煮熟烂;加入菠萝丁、豌豆、枸杞子、冰糖,煮5分钟,加适量淀粉水,使汁变浓。将鸡蛋打碎加入,烧开后即可食用。

【功用】健美养颜,降脂减肥。

洋参银耳鸡蛋羹

【原料】西洋参3克,银耳15克,鸡蛋2只。

【制作】将西洋参用水洗净,晒干或烘干,研为细粉备用。鸡蛋打入碗内,调匀至起泡沫,备用。银耳用水发开,洗净,撕成碎片。将银耳放入锅中,加适量水,大火煮沸后,改小火煨烂,将鸡蛋汁、西洋参末徐徐倒入,搅拌均匀,再煮沸2~3分钟即成。

【功用】益气养阴。

蜂蜜牛奶芝麻羹

【原料】蜂蜜50克,牛奶200毫升,芝麻25克。

【制作】将芝麻去杂洗净,置锅上炒香,出锅研成末。将蜂蜜、牛奶同放锅内煮沸,调入芝麻,出锅即成。

【功用】乌须黑发,滋补肝肾,润肠养胃。

肉汁丝瓜蛋羹

【原料】瘦猪肉500克,丝瓜250克,鸡蛋1只,淀粉、黄酒、精盐、味精各适量。

【制作】瘦猪肉切成小块,加水煮沸,撇沫、烹酒后,小火焖煮3小时,滗出肉汁。丝瓜刨皮后切成细长条,入沸汁中煮酥、调味。

蛋液中调入一半量的湿淀粉,用来勾芡即成。

【功用】清热解毒,消暑除烦。

阿胶鸡蛋羹

【原料】鸡蛋 1 枚,阿胶 9 克,精盐适量。

【制作】鸡蛋去壳搅匀,倾入沸水,煮成蛋汤,加入阿胶(烊化),再加精盐调味即成。

【功用】益气养血。

白蘑鹑蛋羹

【原料】鹌鹑蛋 12 只,白蘑菇 150 克,精盐 2 克,熟笋片 50 克,味精 1 克,黄酒 15 克,熟火腿片 25 克,熟鸡油 15 克,绿菜叶 25 克,鸡汤 750 克。

【制作】将鹌鹑蛋打入大碗内。白蘑菇洗净,入沸水锅中略烫捞出,切成厚片。汤锅置旺火上,倒入鸡汤,放黄酒、火腿片、笋片、白蘑菇片、绿菜叶烧沸,加精盐、味精,倒入鹌鹑蛋烫熟,淋入熟鸡油,出锅装入大汤碗中即成。

【功用】健美养颜,补虚健脾。

美味蘑菇奶油羹

【原料】鲜蘑菇 200 克,洋葱块 25 克,胡萝卜丝 50 克,奶油

100 克,精盐 4.5 克,鸡清汤 1 500 克,味精 1 克,白酒 1 克,胡椒粉 0.5 克,浓缩牛肉汁 100 克,番茄酱、葱段、生姜末各适量。

【制作】炒锅置火上,放入奶油烧热,先下切好的蘑菇片煸炒片刻,再下胡萝卜丝、葱段、生姜末、洋葱块炒几下,倒入浓缩牛肉汁、鸡清汤烧沸,加精盐、味精、胡椒粉、白酒、番茄酱调味,再沸时出锅装入汤盆中即成。

【功用】健身泽肤,补肾健脾。

荸荠黑木耳鸡蛋羹

【原料】荸荠 50 克,黑木耳 10 克,枸杞子 5 克,鸡蛋 1 个,葱花、精盐、麻油各适量。

【制作】将荸荠洗净,去皮,切成小粒状。枸杞子洗净,切末。黑木耳泡发,去根蒂,洗净,切小块。把鸡蛋液打入碗中,放精盐、葱花、荸荠、黑木耳、枸杞子拌匀,加适量水,充分搅匀,隔水蒸熟,取出淋麻油即成。

【功用】滋阴润肺,清热涤毒,补虚强身。

百莲肉丝蛋花羹

【原料】百合 40 克,莲子肉 40 克,大枣 6 枚,鸡蛋 2 个,瘦猪肉 150 克,精盐适量。

【制作】鸡蛋去壳,在碗内搅打成蛋液。莲子去心,保留莲子衣,与百合、大枣分别洗净。瘦肉去筋膜洗净,切丝。锅内放适量水，大火煮至水沸，放入百合、莲子肉、大枣和猪肉丝，用中火煮至莲子肉熟透，放入鸡蛋液，放入精盐调味。

【功用】健脾补血，宁心安神，补益健身。

麦芽山楂鸡蛋羹

【原料】鸡蛋 2 只，麦芽 15 克，山楂 20 克，淮山药 15 克，藕粉、精盐各适量。

【制作】将麦芽、山楂、淮山药洗净，加清水适量，再用大火煮沸，小火煮 1 小时左右，去药渣，取汁用。鸡蛋去壳调匀，藕粉用开水调成糊状。把上述药汁煮沸，放入鸡蛋及藕粉糊，搅匀，煮沸，加适量精盐即成。

【功用】强身健美，疏肝理气，开胃消食。

芙蓉藕羹

【原料】鲜藕 500 克，鸡蛋清 3 个，牛奶 25 克，白糖 3 克，清汤 50 克，青梅干、糖水莲子、糖水菠萝、湿淀粉各适量。

【制作】将鲜藕刮去皮洗净，切成细丝后入沸水中烫，捞出后放冷水中过凉，然后控水。青梅干、糖水莲子、糖水菠萝分别切成小丁。鸡蛋清打入碗中，放入白糖、清汤搅散，将鸡蛋清放笼上蒸约 3 分钟，制成芙蓉底。炒锅置大火上，加入清汤、白糖、牛奶、藕丝，至汤沸后撇去浮沫，用淀粉勾稀芡，然后撒入青梅、糖水橘子、糖水菠萝，起锅倒入放有鸡蛋清的汤碗中即成。

【功用】滋阴润燥，开胃醒酒。

绞股蓝鸡蛋羹

【原料】绞股蓝10克，鸡蛋1只，蜂蜜10克。

【制作】将绞股蓝用水洗净，切碎备用。鸡蛋打入碗内，调匀至起泡沫，备用。将绞股蓝放入锅中，加适量水，大火煮沸后，改中火煨10分钟，将鸡蛋汁徐徐倒入，不停地搅拌均匀，用小火再煮2~3分钟，待温后，调入蜂蜜即成。

【功用】益气养阴，补血。

鱼腥草杏仁鸡蛋羹

【原料】鲜鱼腥草60克，甜杏仁30克，薏苡仁90克，大枣30克，鸡蛋清4个，蜂蜜适量。

【制作】将甜杏仁、薏苡仁、大枣去核洗净，一同放入砂锅内，加水适量，用大火煮沸后转用小火炖1小时，鲜鱼腥草略洗后放入锅中，再炖约30分钟，取药汁。鸡蛋打破取蛋清放入碗中，加入蜂蜜，取沸药汁冲熟，搅匀即成。

【功用】清热解毒，清肺化痰。

松花蛋淡菜羹

【原料】皮蛋（松花蛋）1只，淡菜50克，大米150克，精盐、味

精各适量。

【制作】将皮蛋去壳切碎，与洗净的淡菜、大米一起入锅，加水煮成羹，加入少许盐和味精调味。

【功用】滋阴益气，凉血宁络。

饴糖姜汁蛋羹

【原料】鸡蛋 2 只，生姜 10 克，饴糖 30 克。

【制作】生姜切末加水 25 克煮沸，焖煮 5 分钟，调入饴糖。鸡蛋液打匀，用姜糖水拌和，蒸煮至凝结。

【功用】健美养颜，养心补血。

银耳冰糖鸭蛋羹

【原料】水发银耳 100 克，冰糖适量，鸭蛋 1 个。

【制作】将水发银耳洗净切碎，入锅，加水适量，炖至汁稠。鸭蛋去壳去蛋黄，留蛋清，入锅搅匀，加入冰糖溶化调味即成。

【功用】补阴润肺，止咳化痰，益气和胃，清热生津，降低尿酸。

豆腐鸡蛋黑木耳羹

【原料】嫩豆腐 200 克，鸡蛋 3 个，黑木耳 30 克，蒜苗、胡萝卜各 50 克，植物油、精盐、味精、葱花、生姜末、湿淀粉、清汤、麻油各适量。

【制作】将嫩豆腐入沸水锅中烫透捞出，切成碎粒。鸡蛋液打入碗内搅匀。黑木耳泡发，洗净，切块。胡萝卜洗净，切成碎末。蒜苗洗净，切成细末。炒锅放油烧至七八成热，下葱花、生姜末炝锅，爆出香味后，加入黑木耳、清汤、精盐烧开，投入豆腐粒、蒜苗末、胡萝卜末烧开，将鸡蛋液徐徐倒入，边用手勺向一个方向搅动，倒完搅拌开，加入味精拌匀，用湿淀粉勾芡成为羹状，淋入麻油，出锅即成。

【功用】扶正补虚。

藕汁鸡蛋羹

【原料】鲜藕汁 100 克，三七粉 5 克，鸡蛋 1 只，食油、精盐、味精等适量。

【制作】将鸡蛋打入碗内，加三七粉，用筷子搅打至匀。将藕汁倒入锅内，加开水 200 克，煮沸后再倒入鸡蛋，酌加食油、精盐、味精等佐料，煮至鸡蛋熟即成。

【功用】凉血止血，活血化瘀。

米芡鹌鹑蛋羹

【原料】鹌鹑蛋 2 只，米汤 150 克，黄酒、葱、麻油、精盐、味精各适量。

【制作】将大米 250 克洗净后加比平时煮饭较多量的水，旺火煮沸，中火沸煮，见汤汁渐稠，滗出 150 克盛入小锅另加温。鹌鹑蛋加少许酒、盐搅打成液，倒入米汤中不停搅拌至凝成，调味，撒上葱花并淋几滴麻油。

【功用】健美养颜。

山药鲜奶羹

【原料】鲜牛奶200克，山药200克，枸杞子15克。

【制作】将山药洗净，刨去外皮，切碎，剁成山药糜糊，备用。枸杞子洗净，放入砂锅中，加适量水，中火煨煮30分钟，调入山药糜糊，改用小火煨煮片刻。鲜牛奶用另锅煮沸，沸后即离火，缓缓调入枸杞山药羹中，拌和均匀即成。

【功用】补肾健脾，补钙催眠。

桂花栗茸奶羹

【原料】栗子500克，黄油25克，面粉25克，牛奶450克，糖桂花、白糖各适量。

【制作】将栗子加水焖煮至酥烂，去壳、衣，碾成栗茸。黄油入锅小火熬化，徐徐撒入白面粉，炒至淡黄，溢香，冲入牛奶，搅入栗茸，并酌加清水，使成汤羹状。调入白糖煮沸，离火前加入糖桂花。

【功用】健脾益气。

蚕豆蛋黄羹

【原料】新鲜蚕豆 50 克,蛋黄 1 只,海鲜汤 50 克,精盐 0.5 克。

【制作】新鲜蚕豆剥壳后投入沸水锅中烫烫,片刻捞出,与蛋黄和海鲜汤同放入锅中,边搅拌边用小火煮,煮至蛋黄结块蚕豆酥烂,加入精盐即可。

【功用】健美强身。

胡萝卜牛奶羹

【原料】胡萝卜 50 克,牛奶 50 克,肉汤 50 克,精盐 1 克,面包屑适量。

【制作】胡萝卜去皮后放入水中煮熟,取出捣成烂泥,与牛奶、肉汤和精盐同放锅中用小火煮,边煮边搅拌,煮至黏稠状后盛于碗中,撒上面包屑即可。

【功用】健美强身。

什锦蛋羹

【原料】鸡蛋 2 只,大虾米 5 克,番茄酱 20 克,菠菜末 20 克,精盐 1.5 克,淀粉 2 克,麻油 1 克。

【制作】将鸡蛋打入碗中,加入大虾米和精盐打散,倒入温开水并搅拌均匀,放入蒸笼中蒸 15 分钟,使蛋液凝固成豆腐脑状。起热油锅,投入番茄酱和菠菜末翻炒,用湿淀粉勾芡后盖浇在蛋羹上,淋上麻油即成。

【功用】健美强身。

蛋片鱼肉羹

【原料】鲳鱼 500 克,鸡蛋 1 个,黑木耳 10 克,胡萝卜 50 克,大蒜 20 克,生姜 5 克,葱 5 克,鲜汤 1 250 克,植物油 50 克,麻油 10 克,精盐 5 克,黄酒 15 克,湿淀粉 20 克。

【制作】将鲳鱼去磷、鳃、内脏洗净,放入盆内,加入葱、生姜、黄酒置笼上蒸 30 分钟,冷却后把鱼肉拆下备用。黑木耳洗净,浸泡后切成小片。胡萝卜切片。大蒜切片。鸡蛋打入碗中,打散。将炒锅烧热,放入植物油,下入蒜片、生姜末炒香,倒入胡萝卜、黑木耳、鲜汤,待胡萝卜将熟时,下入鱼肉、精盐、黄酒,烧开后,淋入湿淀粉,转开小火,淋入蛋液,视蛋液上浮呈云片状时,撒入蒜片,淋入麻油即成。

【功用】健美强身。

海米蛋羹

【原料】鸡蛋 2 只,大海米 15 克,葱花、生姜末、酱油、精盐、麻油各适量。

【制作】鸡蛋磕于碗中,加精盐和温开水搅开,置笼上用中火

蒸制,断生即可出屉。大海米用温水泡开,切成小丁。锅内加少许油烧热,下葱花、生姜末炝锅,放海米、酱油、精盐,添汤,开锅后勾米汤芡,放味精,滴几滴麻油成卤。将兑好的卤汁浇于碗中的蛋羹上即可。

【功用】健美强身。

鸡蛋虾皮羹

【原料】鸡蛋2个,虾皮10克,葱花5克,精盐、味精、麻油各适量。

【制作】将鸡蛋打入碗内,加入精盐、味精、麻油、虾皮、葱花搅打均匀,再加入150克凉开水调匀。将蒸锅置火上,加水烧开,把蛋羹碗放入屉内,加盖用大火蒸15分钟即成。

【功用】健美强身。

青菜蛋黄羹

【原料】煮熟鸡蛋黄1/2个,排骨汤2小勺,生菜末1勺,精盐适量。

【制作】将熟鸡蛋黄放入小碗内,用勺背研碎,并加入少许排骨汤。生菜择洗干净,放入开水锅内煮5分钟,捞出沥水,然后切成碎末。把鸡蛋黄末、生菜末放入锅内,加入排骨汤,搅拌均匀,用小火煮,边煮边拌匀,煮开锅后放入少许精盐调好味,即可食用。

【功用】健美强身。

蛋茸玉米羹

【原料】鸡蛋3个,罐头甜玉米350克,白糖30克,玫瑰卤5克,湿淀粉30克。

【制作】将罐装甜玉米开罐,倒入大碗内备用。鸡蛋打开,分出蛋黄,打散并加适量湿淀粉搅匀。锅洗净置中火上,倒入甜玉米,加适量清水、白糖,烧至沸腾时用湿淀粉勾芡,再将鸡蛋黄徐徐淋入,待蛋黄全部淋入锅内并融于汤内时,出锅倒在大碗内,撒入玫瑰卤拌匀即成。

【功用】强身健美,健脾补气。

鲫鱼蒸蛋羹

【原料】鸡蛋4个,鲫鱼1尾(重约350克),精盐3克,黄酒15克,味精5克,麻油10克,酱油5克,鲜汤300克,葱花、生姜末各适量。

【制作】将鲫鱼去鳞,去鳃,开膛去五脏,洗净,用沸水烫一下,沥水,用净布搌干水分。鸡蛋打入大碗内调匀,加入精盐、黄酒、味精、鲜汤再搅匀,将鲫鱼放入中间,置笼上蒸10~15分钟。用酱油、麻油、鲜汤10克、葱花、生姜末调成汁,淋入蛋羹碗内即成。

【功用】强身健美,健脾利湿。

蛤仁蒸蛋羹

【原料】鸡蛋4个,净蛤蜊仁100克,精盐3克,黄酒15克,味

精5克,麻油10克,酱油5克,鲜汤300克,葱花、生姜末各适量。

【制作】洗净蛤蜊外边泥沙,放入清水(内加适量的精盐)盆内,使之吐净肚里的泥沙,再放入开水中片刻,待蛤蜊壳张开,捞出,放入凉水内,取出蛤蜊仁,择去赃物,洗净放在碗内。将鸡蛋打入大碗内调匀,加入精盐、味精、黄酒、鲜汤再搅匀,置笼上蒸10分钟左右,待蛋羹七成熟,将蛤蜊仁放在蛋羹上,再置笼上蒸3分钟。用酱油、麻油、鲜汤、葱花、生姜末兑成汁,淋入蛋羹碗内即成。

【功用】强身健美,滋阴养颜。

蒸芙蓉蛋羹

【原料】鸡蛋清160克,猪瘦肉50克,精盐3克,味精1克,葱花、干淀粉、麻油各适量。

【制作】将猪肉洗净,切成细丝,用少量的精盐、干淀搅拌匀略腌。将猪肉丝、葱花放入鸡蛋清碗内,再放入适量精盐、味精、清水搅匀,上笼蒸15分钟,取出淋入麻油即成。

【功用】强身健美,滋阴润燥。

鸡蛋豌豆羹

【原料】鸡蛋4个,鲜豌豆50克,鲜虾仁50克,精盐2克,酱油10克,黄酒10克,味精1克,麻油10克,玉米粉10克,湿淀粉20克,葱花5克。

【制作】将鲜虾仁洗净,放入碗中,用干布擦干,加入精盐、黄酒、鸡蛋液各适量，拌匀后再加入玉米粉，用手抓匀浆好。然后把浆好的虾仁分散着下入沸水锅中烫熟，捞出沥水。把鲜豌豆也放入沸水锅中烫熟，捞出沥水待用。将鸡蛋打入大汤碗内调匀，再放入精盐 1 克，黄酒、味精、葱花及清水 150 克调匀，置笼上蒸 15 分钟，至熟取出即成蛋羹。炒锅置火上，加入清水、精盐、酱油、味精、黄酒，烧沸后下入烫熟的虾仁、鲜豌豆，用湿淀粉勾薄芡，淋入麻油，出锅浇在蛋羹上即成。

【功用】强身健美，健脾补肾。

烩四丁鸡蛋羹

【原料】鸡蛋 3 个，水发香菇 30 克，水发海参 30 克，熟肉末 30 克，麻油 25 克，酱油 5 克，黄酒 10 克，味精 2 克，精盐 2 克，湿淀粉 15 克。

【制作】将鸡蛋打入汤盘内，加入 50 克温水及适量精盐、黄酒调匀，上笼蒸 7 分钟，待鸡蛋凝固(不要蒸老)出笼。将水发香菇、熟肉末、海参、鸡蛋羹均切成方块丁待用。炒锅上火，放入清水 200 克，先将香菇、熟肉末、海参丁下锅，用沸水汆一下，然后将鸡蛋羹丁也下入锅内，加入酱油、黄酒、味精、精盐，勾入湿淀粉薄芡，淋上麻油，出锅即成。

【功用】滋阴补气。

虾仁蛋白羹

【原料】鸡蛋清 100 克，虾仁 120 克，玉兰片 15 克，黄瓜 15

克，精盐 3 克，味精 1 克，湿淀粉 15 克，黄酒 10 克，生姜汁 5 克，鲜汤 250 克。

【制作】将黄瓜洗净，与玉兰片均切成长方片。虾仁放入碗内，加精盐 1.5 克、湿淀粉适量，浆好待用。将鸡蛋清放入大碗内，加入味精、精盐、鲜汤 50 克调匀，置笼上蒸约 4 分钟即熟。炒锅置火上，放入清水烧沸，将虾仁放入，烫熟捞出，放在蒸熟的鸡蛋清上。炒锅置火上，放黄瓜片、玉兰片，加鲜汤烧沸，放入味精、生姜汁、黄酒、精盐，出锅浇在蒸蛋白上即成。

【功用】强身健美，双补阴阳。

火腿香菇蛋羹

【原料】鸡蛋 8 个，火腿 40 克，水发香菇 50 克，虾子 5 克，精盐 3 克，湿淀粉 10 克，黄酒 10 克，鲜汤 250 克，植物油 50 克。

【制作】将鸡蛋打入碗内，加入精盐、黄酒，用筷子调匀，倒入沸水锅内，待蛋浮水面后，用漏勺捞起，放在干净的布上，四边折起包紧，用手按平整，上放压板，挤出水分，凉透时去掉包布，将蛋羹改成小条，火腿、香菇均切成薄片待用。炒锅置火上，放油烧热，投入火腿片、香菇片，然后放入蛋羹条，加入鲜汤、虾子、精盐烧沸，用湿淀粉勾芡，起锅装入盘中即成。

【功用】强身健美，补气助阳。

藕丝蛋羹

【原料】鸡蛋清 100 克，鲜嫩藕 500 克，山楂糕 100 克，蜜枣

100克，青梅100克，白糖200克，玉米粉适量。

【制作】将藕洗净切成细丝，入沸水锅内略烫后捞出。山楂糕、蜜枣、青梅切成细丝。鸡蛋清打在碗内，加入半量的清水调匀，倒入盘内，放在笼中蒸5分钟，成为白色固体蛋羹。再将以上4种细丝均匀摆在蛋羹上，白糖放在炒锅内，加入适量的清水，熬成糖汁，再加入适量的湿玉米粉，勾成芡汁，浇在蛋羹上即成。

【功用】滋阴止血，健脾开胃。

云片银耳鸽蛋羹

【原料】鸽蛋12只，水发银耳15克，净火腿50克，豌豆苗50克，精盐5克，味精1.5克，高汤1 000克，熟鸡油10克，黄酒25克。

【制作】将净火腿切成细末，豌豆苗用清水洗净，水发银耳摘去根蒂并洗净。将鸽蛋12只分别打入12把抹有熟鸡油的羹匙内，在鸽蛋的一端放上豌豆苗，另一端放上净火腿末，然后置笼上蒸熟取出，即成云片鸽蛋。汤锅置中火上，倒入高汤烧沸，烹入黄酒，下精盐、味精，放入银耳、剩余的豌豆苗，用手勺撇去浮沫，下云片鸽蛋稍烫，出锅盛入大汤碗内即可食用。

【功用】健身泽肤，补虚健胃，清热利肠。

豆浆莲子鸽蛋羹

【原料】豆浆150克，鸽蛋12个，荸荠粉60克，莲子50克，核桃仁25克，银耳6克，白糖150克。

【制作】豆浆与荸荠粉调成粉浆。莲子煮熟。银耳泡发,加水适量,置笼上蒸熟。核桃仁去皮,炸酥,切成米粒状。鸽蛋煮熟,放入冷水中去壳备用。锅置小火上,加入蒸银耳的汁、豆浆荸荠粉浆及适量清水煮沸,并不断搅拌,加入白糖、熟莲子、核桃仁碎粒,继续搅拌均匀呈糊状,盛入汤盘内,银耳摆在糊周围,熟鸽蛋镶在银耳周围即成。

【功用】强身健美,降脂减肥。

绿豆牛奶羹

【原料】绿豆粉 100 克,牛奶 200 克,合欢花粉 10 克。

【制作】将绿豆粉用清水调成稀糊状,放入锅中,中火煨煮,边煮边调匀,使成绿豆羹糊状,加入牛奶并加入合欢花粉,改用小火煨煮成稀糊状,用湿淀粉勾芡成羹即成。

【功用】滋阴清热。

枸杞鸡汁玉米羹

【原料】嫩玉米粒 50~100 克,枸杞子 15 克,鸡蛋 1 个,鸡汤适量。

【制作】将嫩玉米粒蒸熟烂或压烂,放入鸡汤中煮透。放入枸杞子煮 5 分钟,勾淀粉,冲蛋花,调味后即可食用。

【功用】调中和胃,利尿排石,降脂降压。

牛奶山药虾皮羹

【原料】牛奶200克,山药200克,虾皮50克,调料适量。

【制作】将山药洗净,去皮,洗净后切碎,剁成泥糊状备用。虾皮洗净,泡后剁碎。锅置火上,加水适量煮沸,加入碎虾皮及调料,煨5~10分钟,入味后加入山药糊、牛奶,用小火煮至沸并不断搅拌(以防煳锅底)即成。

【功用】补钙降压,滋润血脉,补钙壮骨。

牛奶鹌鹑蛋羹

【原料】牛奶250克,鹌鹑蛋3个,白糖、藕粉各适量。

【制作】牛奶煮沸,加入用藕粉、水、鹌鹑蛋液调成的糊,边加边搅,煮至微沸,离火后加入白糖调味即成。

【功用】强身健美,补益气血,明目壮骨。

牛奶玉米花生羹

【原料】牛奶200克,花生酱50克,玉米粉50克,白糖适量。

【制作】玉米粉加水调成糊备用。牛奶煮沸,加入花生酱搅匀,倒入玉米粉糊,边倒边从一个方向不停搅拌至微沸,离火后加入白糖调味即成。

【功用】补钙壮骨,滋润五脏。

牛奶西瓜羹

【原料】牛奶100克,西瓜瓤500克,湿淀粉、冰糖各适量。

【制作】牛奶与湿淀粉调成芡汁。西瓜瓤去子,切成丁。锅内放适量水烧开,加入冰糖搅拌溶化,放入西瓜瓤丁,用牛奶湿淀粉汁勾芡,拌匀后盛入大碗内即成。

【功用】清热解暑,益气和胃,除烦止渴。

双耳蛋羹

【原料】鹌鹑蛋10只,何首乌汁100克,银耳和木耳各10克,香菇和桂圆肉各20克,鲜汤和湿淀粉各适量。

【制作】将银耳、木耳和香菇用水泡发,择洗干净,银耳和木耳撕成小朵,香菇一切为二。鹌鹑蛋煮熟,去壳。锅置火上,放入鲜汤、何首乌汁、桂圆肉、煮熟的鹌鹑蛋、银耳、木耳和香菇烧一会儿,用湿淀粉勾芡,起锅盛入碗中即成。

【功用】补锌强身。

鸡肝蛋羹

【原料】鸡肝50克,鸡蛋2个,精盐、味精、麻油各适量。

【制作】将鸡肝洗净,下入开水中烫至八成熟时,捞出控水,切成小块。将鸡蛋液打入碗内,用筷子打匀,放入少量水,加精盐、味精,然后把鸡肝块放入搅匀,置笼上蒸熟,取出后滴入麻油即成。

【功用】强身健美。

猪肝蒸蛋羹

【原料】猪肝 50 克,鸡蛋 2 个,精盐、味精、麻油各适量。

【制作】将猪肝洗净,用开水烫至八成熟时捞出,切成小块。将鸡蛋液打入碗内,打匀,放适量水、精盐、味精,把猪肝块放入搅匀,置笼上蒸熟后取出,滴入麻油即可食用。

【功用】强身健美。

健美畜肉羹

银耳肉茸羹

【原料】银耳 25 克,瘦肉 150 克,香菇 3 只,鸡蛋 1 只,鲜汤 300 克,香菜 1 棵,生姜 1 片,精盐 1 克,植物油 3 克,白糖 2 克,粟粉 10 克。

【制作】银耳泡 1 小时,剪去脚,再剪成小朵,放入开水中煮两分钟,盛起冲凉。瘦肉剁碎。鸡蛋打散。香菇浸软去把,切粒。烧热锅,下油 1 汤匙爆姜片,加入鲜汤煮至沸,下银耳、香菇煮 10 分钟,放入瘦肉、辅料及芡汁料拌匀,加入鸡蛋再拌匀,盛起倒入汤碗中,洒上香菜即成。

【功用】开胃生津,滋润肌肤。

小肉丸豆腐羹

【原料】猪五花肋条肉 150 克,嫩豆腐 400 克,鸡蛋 1 只,洋葱 50 克,蒜头 1 瓣,淀粉、黄酒、胡椒粉、精盐、味精各适量。

【制作】猪肉剁成末,加上用猪油炒过的洋葱花,加上黄酒、精盐、胡椒粉、蛋液、淀粉搅拌成肉茸,制成小丸子温油煎黄。用热

油爆香蒜茸，下豆腐丁，加水煮沸，加入丸子再焖煮 3 分钟，湿淀粉勾芡。

【功用】滋养五脏，清热利尿。

骨汤骨髓羹

【原料】猪圆骨 500 克，牛骨髓 100 克，淀粉、黄酒、青葱、生姜、胡椒粉、精盐、味精各适量。

【制作】猪骨洗净敲碎，加适量水、生姜、葱结，旺火煮沸，撇去浮沫后加酒，中火熬煮成浓汤。牛骨髓冲洗净，下入汤中焖煮 15 分钟，调味，湿淀粉勾芡即成。

【功用】补髓壮骨。

猪血薏苡仁羹

【原料】黄豆芽 200 克，猪血 100 克，薏苡仁 30 克，红糖 20 克。

【制作】将黄豆芽用冷水浸泡片刻，去根须，洗净，入锅，加水适量，煎煮 1 小时，捞出豆芽，切碎，加煎汁研磨成黄豆芽糊。猪血先入锅，加水煮沸，捞出晾凉，切成 1 厘米见方的小块，与淘洗干净的薏苡仁同入砂锅中，小火煨煮至黏稠状，加红糖，调入豆芽糊，拌匀后继续煨煮至沸即成。

【功用】健脾除湿，补血强身。

天冬猪皮羹

【原料】干猪皮100克,枸杞5克,天冬50克,香菇10克,生姜5克,丝瓜10克,鸡蛋1个,植物油8克,盐6克,味精2克,白糖1克,湿淀粉适量。

【制作】干猪皮泡透切成丁;枸杞洗净泡好;香菇切成丁;生姜去皮切小片;丝瓜去皮切丁。锅内加水,待水开时放入干猪皮丁、香菇丁,煮去其异味,倒出冲净。另取烧锅下油,放入姜片炒香锅,注入清汤,加入猪皮丁、枸杞、天冬、香菇丁、丝瓜丁,调入盐、味精、白糖用中火煮透,下湿淀粉勾芡,推入鸡蛋清,即可食用。

【功用】健美养颜,滋阴润肤。

黑木耳羊肝羹

【原料】黑木耳30克,羊肉50克,羊肝100克,葱、豆豉、精盐各适量。

【制作】黑木耳泡发,洗净。葱剥洗干净,切成末。将羊肝、羊肉洗净,切碎,同黑木耳、葱花、豆豉一起加入锅中,注入适量清水,用小火煮成羹,加精盐调匀即成。

【功用】强身健美,滋补肝肾。

豆腐牛肉羹

【原料】嫩牛肉200克,嫩豆腐1盒,葱花10克,鲜汤200克,玉米粉水 100 毫升，酱油 10 克，精盐 2 克。

【制作】嫩牛肉切成薄片；嫩豆腐切成 2 厘米小块。鲜汤烧开，加入酱油、盐、嫩豆腐及牛肉片同煮，等煮熟后用玉米粉水勾芡淋入汤内，搅匀盛入碗中，再撒上葱花即可。

【功用】健美养颜，增力壮骨。

莲子羊肝羹

【原料】莲子 100 克，枸杞子 30 克，羊肉 50 克，羊肝 200 克，大葱、豆豉、精盐各适量。

【制作】大葱切成末。莲子泡软，捣烂。枸杞子入锅，加水 2 000 克，煮取汁。将羊肝、羊肉洗净，切碎。将莲子、羊肉、羊肝、葱花、豆豉、精盐一同加入枸杞汁中，煮成羹。

【功用】强身健美，滋补肝肾。

牛肉豆腐草菇羹

【原料】豆腐 250 克，牛肉末 50 克，草菇 30 克，葱花、鸡蛋、植物油、麻油、精盐、味精、蚝油、胡椒粉、淀粉、鲜汤各适量。

【制作】将豆腐切成小粒，草菇也切成小粒。炒锅置火上，放植物油烧热，下入葱花、牛肉末煸炒几下，然后放入鲜汤、豆腐粒、草菇粒及胡椒粉、蚝油、精盐和味精，再用湿淀粉勾芡，加入鸡蛋清，淋上麻油即成。

【功用】健美养颜，强身补体。

豆腐番茄牛肉羹

【原料】豆腐150克,牛肉50克,番茄50克,香菇20克,葱15克,木耳、笋丝各适量,牛肉汤500克,精盐3克,味精3克,黄酒2克。

【制作】将豆腐去掉外部表皮,切成长4厘米、宽0.5厘米、厚0.5厘米的条,用开水烫过备用。牛肉切成丝。将牛肉汤注入炒锅中,开锅后去掉泡沫,加入黄酒、盐、味精,然后将豆腐放入,开锅后加入牛肉丝、番茄、香菇、木耳、笋丝,拌匀后,盛入场碗中,撒上葱丝即可。

【功用】健美养颜,强身补体。

西湖五柳羹

【原料】熟猪肉丝100克,熟火腿丝25克,熟鸡丝25克,熟冬笋丝25克,水发香菇丝25克,精盐6克,味精3克,鸡清汤1 000克,香菜叶3克,湿淀粉10克。

【制作】锅内放入鸡清汤烧开,加熟猪肉丝、熟火腿丝、熟鸡丝、熟冬笋丝、水发香菇丝烧开,加入精盐、味精,勾入湿淀粉成薄芡,撒入香菜叶,盛入大汤碗即可。

【功用】健美养颜,滋阴健骨。

苁蓉枸杞羊肾羹

【原料】肉苁蓉20克,枸杞子20克,羊肾1对,生姜、葱、桂

皮、精盐各适量。

【制作】将肉苁蓉用白酒浸泡12小时取出，去皮、切碎。羊肾切开，去脂膜，切碎。枸杞子洗净捣烂，共放砂锅中，加少许水，小火炖煮，后加调料续熬成羹。

【功用】补肾填精，强腰壮膝。

山药羊髓花生羹

【原料】羊脊髓150克，鲜山药200克，花生米100克，生姜、精盐、味精各适量。

【制作】花生米用温水浸泡4小时。选新鲜羊脊骨，洗净，纵向剁开，取出脊髓。山药洗净，切成薄片。生姜洗净，切成片。将羊脊髓、花生米、山药片一同放入锅内，加入适量水，放入生姜片，用大火煮沸后，改小火煮至花生米、羊脊髓熟烂，拣出生姜片，调入精盐、味精即成。

【功用】补肾填精，润泽肌肤。

紫菜仙子羹

【原料】紫菜15克，菠菜50克，猪肉30克，水发干贝20克，植物油、湿淀粉、葱花、精盐、味精各适量。

【制作】将紫菜挤干水，放入汤碗中。菠菜去杂质，放入清水中洗净，切成小段。干贝洗净后切成小片。将猪肉洗净，切成薄片。炒锅置火上放油烧至七成热，放入肉片略煸一下，随即加入清

水、干贝、精盐，烧开后再放入菠菜，烧至肉熟为度，再将紫菜倒入，迅速用湿淀粉勾芡，搅匀，撒入葱花、味精即成。

【功用】强身健美，补血补钙。

牛肉玉米羹

【原料】牛肉100克，玉米50克，鲜牛奶100克，精盐1克，味精1克，鸡蛋1个，熟猪油20克，湿淀粉30克。

【制作】牛肉理去筋，洗干净，剁成细末。鸡蛋磕在小碗内打烂备用。炒锅放旺火上，下熟猪油烧热，放牛肉末炒散，加水(500克)、精盐、味精、鲜牛奶、玉米，烧沸时，即下湿淀粉推匀，再将鸡蛋液徐徐淋入，边淋边用勺推动，淋完推匀盛大碗内。

【功用】健美养颜，强身补体。

银耳肺羹

【原料】银耳15克，新鲜猪肺1副，黄酒、精盐、味精、葱、生姜、胡椒粉、鸡清汤各适量。

【制作】银耳用温水泡，待涨开后，洗净泥沙，去掉杂质，用开水烫一次后捞出，用清水泡后蒸熟备用。把猪肺冲尽肺叶中的血液，沥去水分。葱切段，姜拍破。把猪肺投入开水锅烫透捞出，洗净血沫。大砂锅内注入清水，放入葱、生姜、黄酒、猪肺，大火烧开后，移至小火上煮烂。将猪肺捞入冷水内，剔下气管和筋络，撕去老皮，切成蚕豆大的小块，放入碗内，用冷水泡起。把肺块捞入大汤碗内，注入鸡清汤，置蒸笼上蒸透取出。烧开余下清汤，加上黄酒、精盐、胡椒粉，把猪肺和银耳放入锅内，待汤烧开即放入味精即成。

【功用】健美养颜，补气滋阴。

参芪当归羊血羹

【原料】羊血块 300 克，党参 15 克，黄芪 15 克，当归 10 克，黄酒、葱花、生姜末、蒜泥、精盐、味精、五香粉、麻油、湿淀粉各适量。

【制作】将党参、黄芪、当归洗净，切成饮片，放入纱布袋，扎口中，备用。将羊血块按常法放入水中浸泡片刻，洗净，细切成 1 厘米见方的小丁，盛入碗中，待用。烧锅置火上，加水适量，放入药袋，大火煮沸，改用中火煨煮 40 分钟，取出药袋，滤尽药汁。药汁液加清汤适量，放入羊血小丁，烹入黄酒，加葱花、生姜末、蒜泥、精盐、味精，大火煮沸，用湿淀粉勾芡成羹，停火，撒入五香粉、淋入麻油即成。

【功用】活血生血，补气益脾。

黄芪猪肉羹

【原料】黄芪 15 克，当归 10 克，大枣 6 个，枸杞 10 克，猪瘦肉 200 克，精盐适量。

【制作】黄芪、大枣、当归、枸杞、猪瘦肉（切片），同入锅中炖汤，加精盐少许调味。

【功用】强身健美，益气活血。

参芪羊肉羹

【原料】炙黄芪20克，党参20克，当归15克，羊肉500克，生姜、葱白、淀粉、精盐各适量。

【制作】将羊肉洗净，切成小肉丁。炙黄芪、党参、当归同装入纱布袋中，扎紧口，与羊肉丁同放入砂锅中，加适量水，用大火烧开后改用小火煨煮。待羊肉熟烂后捞出纱布袋，加入生姜和葱，同时调入淀粉，放入精盐，再煮5分钟即成。

【功用】温补气血，滋补强壮。

山药栗子瘦肉羹

【原料】栗子肉250克，瘦肉200克，淮山药25克。

【制作】将栗子肉用沸水浸泡后去皮，然后再将洗净的瘦肉、淮山药同栗子肉一并放入砂锅中，加水适量，置小火上焖煮，至熟烂即成。

【功用】补益脾肾，益气强壮。

牛肉末豆腐羹

【原料】豆腐250克，牛肉末50克，草菇30克，葱花、鸡蛋清、植物油、麻油、精盐、味精、蚝油、胡椒粉、湿淀粉、鲜汤各适量。

【制作】将豆腐切成小粒，草菇也切成小粒。炒锅置火上，放

油烧热，下入葱花、牛肉末煸炒几下，然后放入鲜汤、豆腐粒、草菇粒及胡椒粉、蚝油、精盐和味精，再用湿淀粉勾芡，加入鸡蛋清，淋上麻油即成。

【功用】强身健美，补气养血。

三丝银耳羹

【原料】水发银耳 150 克，瘦猪肉丝 100 克，火腿丝 50 克，鸡肉丝 50 克，淀粉、黄酒、生姜片、熟猪油、精盐、白糖、味精适量。

【制作】肉丝、鸡丝分别加酒、精盐、湿淀粉拌和。银耳加适量水蒸 1 小时。熟猪油烧至五成热，略爆姜丝后加入肉丝、鸡丝，翻炒至泛色时倒入银耳、火腿丝及适量水，调味，煮沸，用小火焖煮 15 分钟，勾薄芡并淋上猪油即成。

【功用】健美养颜。

时蔬五彩羹

【原料】牛肉馅 50 克，四季豆 50 克，豆腐 50 克，番茄 50 克，南瓜 50 克，鸡蛋 1 个，鲜汤、精盐、黄酒、味精、湿淀粉各适量。

【制作】四季豆、豆腐、番茄、南瓜均切成小丁；牛肉馅用盐、黄酒、味精腌 10 分钟；鸡蛋分出蛋清。四季豆、豆腐、南瓜烫水后捞出备用，锅中加入鲜汤，烧开，放入牛肉馅，煮滚，撇去浮沫；下入四季豆、豆腐、番茄、南瓜丁煮熟，用湿淀粉勾芡后，倒入蛋清再加入盐和味精调味即成。

【功用】健美养颜，强筋壮骨。

猪脊髓羹

【原料】猪脊髓150克，干竹荪200克，火腿肉50克，豌豆苗50克，鸡蛋皮、精盐、味精、胡椒粉、湿淀粉各适量。

【制作】竹荪用温开水浸泡透，洗净后捞出，挤干水分，用刀顺长丝剖开，切成薄片，放入沸水锅中烫透后捞出。猪脊髓洗净，切成段，放沸水中烫熟后取出去皮。豌豆苗洗净。熟火腿、鸡蛋皮分别切成薄片。炒锅置火上，放鲜汤适量，下竹荪、猪脊髓、火腿片及蛋皮，再将精盐、胡椒粉、味精投入后烧沸，撇去浮沫，放入豌豆苗，用湿淀粉勾流水芡，不断搅拌汤汁，使成浓稠状，淋入麻油即成。

【功用】益气养血，补钙润肠。

猪肉黄鳝羹

【原料】黄鳝250克，猪肉100克，黄酒、生姜、胡椒粉、精盐、味精各适量。

【制作】将鳝鱼剖背脊后，去头、尾及内脏，切丝备用。猪肉洗净剁成泥。锅置火上，加水适量，煮沸后将猪肉入锅，去浮沫，加入鳝鱼丝、黄酒，烧开后改用小火慢煮。生姜去外皮，洗净切成丝，放入锅内，待鳝鱼丝煮烂时加入胡椒粉、精盐、味精调味即成。

【功用】补气养血，滋润肌肤。

猪腰黑豆羹

【原料】猪腰子1副,黑豆30克,大枣15枚,黄酒、精盐、味精、五香粉、葱花、生姜末、湿淀粉各适量。

【制作】将猪腰子洗净,一剖为二,去筋膜、臊腺,用快刀轻剖成斜纹细花,切成1厘米见方的小丁,盛入碗中,备用。大枣、黑豆分别拣去杂质、洗净,同放入砂锅中,加水适量,大火煮沸后,改用小火煨煮30分钟,加猪腰丁,并加黄酒、葱花、生姜末,继续用小火煨煮30分钟,待黑豆、猪腰丁酥烂,加精盐、味精、五香粉,用湿淀粉勾芡成羹。

【功用】补肾益气,养血生精。

当归大枣羊肉羹

【原料】当归30克,大枣10枚,羊肉100克,藕粉100克。

【制作】将当归洗净,切片,入锅,加水,煎取浓缩液。大枣用冷水浸泡1小时,去核,备用。羊肉洗净,剁成肉糜,与大枣肉、当归浓缩液同入锅中,加清水适量,用小火煨炖至羊肉熟烂,趁热调入藕粉,搅拌成稠羹即成。

【功用】温补肾阳。

番茄豆腐猪肉羹

【原料】豆腐250克,猪肉丁150克,番茄250克,青豆米50

克，精盐、味精、湿淀粉、麻油、肉汤各适量。

【制作】将豆腐切成丁，下沸水中烫一下，沥干水待用。番茄烫去皮，去籽，切成小丁；烧热油锅，下葱、姜略煸一下，放入肉汤、豆腐、肉丁、番茄、青豆米、精盐，烧沸，再加味精，淋上湿淀粉，出锅装碗，淋上麻油即成。

【功用】滋阴润燥，补中益气，补脾健胃。

三丁豆腐羹

【原料】嫩豆腐 250 克，猪五花肉 100 克，发好的海米 10 克，青柿子椒 50 克，植物油 50 克，熟猪油 5 克，葱花 5 克，胡椒粉 2 克，酱油 25 克，精盐 2.5 克，味精 1.5 克，湿淀粉 25 克，鲜汤适量。

【制作】将豆腐洗净切成 0.8 厘米见方的丁，放在沸水锅中烫烫断生，捞出投凉，沥净水分；将五花肉、青柿子椒（去子）洗净均切成与豆腐丁大小相同的丁，即成“三丁”。锅架火上，放油烧至七八成热，下入葱花炝锅，接着分别投入肉丁、青柿子椒丁煸炒，见肉丁变色后，注入鲜汤，加入酱油、精盐和海米、豆腐丁，烧开，滚上两滚，加入味精拌匀，用湿淀粉勾成羹状的芡，淋入熟猪油，撒上胡椒粉，即可倒入碗内。

【功用】健美养颜，滋阴润肤。

蹄筋花生羹

【原料】牛蹄筋 100 克，连衣花生米 150 克，精盐、味精各适量。

【制作】将牛蹄筋洗净，切片；再将花生米洗净，与牛蹄筋一同放入砂锅中，加清水适量，用大火煮沸15分钟，再用小火煎熬约1小时，加入精盐、味精调味即成。

【功用】补肺益脾，强壮精神。

黑木耳猪脑羹

【原料】黑木耳30克，猪脑1具，白糖、精盐、生姜末各适量。

【制作】黑木耳泡发，洗净，撕成小片。猪脑洗净。将黑木耳、猪脑同置砂锅内，加水适量，小火炖40分钟，搅成糊，加白糖、精盐、生姜末调味即成。

【功用】滋养肝肾，补益气血，安神益智。

参芪大枣猪皮羹

【原料】大枣15枚，猪皮250克，党参15克，炙黄芪15克，红糖20克，黄酒、葱花、生姜末各适量。

【制作】将党参、黄芪择洗干净，入砂锅中，加水浓煎2次，每次40分钟，合并两次滤汁，备用。将大枣拣去杂质，洗净，用温开水泡发30分钟，取出，剖开，去核，大枣肉切碎，待用。猪皮洗净，入沸水锅中烫透，取出，剖成丝条状，再横切成黄豆样小丁，放入砂锅中，加水适量，大火煮沸，烹入黄酒，加葱花、生姜末，改用小火煨煮1小时，待猪皮丁熟烂，加大枣碎肉、党参黄芪药汁，继续用小火

煨煮30分钟，待猪皮丁酥烂，调入红糖，拌和，并煨煮成稠羹即成。

【功用】补气摄血，升血小板。

肉末豆腐羹

【原料】豆腐100克，肉末15克，湿淀粉2克，水发木耳、水发黄花菜各35克，麻油、酱油、精盐、葱花、清汤各适量。

【制作】将豆腐冲洗干净，切成1厘米见方的小丁块，用沸水稍烫片刻捞出，用凉开水过凉，待用。木耳、黄花菜择洗干净，切成和豆腐一样大小的小丁块。锅置于大火上，加入清汤、肉末、黄花菜、木耳、豆腐、酱油、精盐等煮沸，煮至菜熟软时，勾入湿淀粉芡，淋入麻油，撒入葱花搅匀，熬至汁稠浓时起锅即成。

【功用】强身健美。

西湖牛肉羹

【原料】牛肉1小块，香菇2~3个，香菜1小把，鸡蛋清1个，精盐、味精、胡椒粉、淀粉各适量。

【制作】牛肉剁成小粒，冷水下锅，待水开洗去血沫盛出。香菜切碎。香菇切粒。鸡蛋只取蛋清，倒入汤碗内备用。锅内水烧开，下牛肉粒和香菇粒，水开后再略烧一会儿，加盐、味精、胡椒粉。用湿淀粉勾芡后，倒入盛有蛋清的汤碗里，迅速搅拌均匀，使蛋清成飞絮状。最后撒入香菜即可。

【功用】健美养颜，补气养血。

桂圆猪脑羹

【原料】桂圆肉、青豆各50克，猪脑200克，何首乌10克，鹌鹑蛋10枚，清汤1 000克，葱、生姜、精盐、黄酒、胡椒粉、花椒、玉米粉各适量。

【制作】将桂圆剥壳、去核，洗净。青豆剥去荚皮，洗净。鹌鹑蛋洗净煮熟，剥去蛋壳。何首乌洗净，入小锅，加水，煮沸后10分钟，过滤弃渣取汁。猪脑用凉开水洗净，放入盆中，加葱、生姜、精盐、黄酒、花椒及适量水，入蒸锅蒸20分钟取出，凉后撕去筋膜，切成小粒，备用。锅置于中火上，加入清汤、青豆、桂圆肉、何首乌汁、猪脑粒、鹌鹑蛋、黄酒、胡椒粉，用玉米粉勾芡，煮至沸起锅，待温即成。

【功用】健脑强心，益智助长。

黑木耳猪肉羹

【原料】黑木耳、黄芪各30克，当归、枸杞子各10克，大枣10个，猪瘦肉200克，精盐适量。

【制作】黑木耳泡发，洗净，撕成小片。黄芪、当归洗净，用纱布包好。枸杞子洗净，去杂质。大枣去核。猪肉洗净，切片。以上原料一同入锅，加水适量中，炖煮，肉熟后去药包，继续炖至如羹状，加精盐调味。

【功用】滋补肝肾，益气壮阳。

天麻猪脑羹

【原料】天麻 20 克,猪脑半只。

【制作】将天麻切片或研粉,同猪脑一起放入砂锅中,加清水炖煮,以小火炖约 1 小时,直至汤稠。

【功用】补肾益脑,平肝息风。

山药枸杞猪脑羹

【原料】山药 60 克,枸杞子 15 克,猪脑 1 个,黄酒、冰糖各适量。

【制作】将山药去皮,洗净,与枸杞子、猪脑同入砂锅中,加水适量,煮沸后加黄酒,撇去浮沫,改用小火煨炖 1 小时,并搅成稠糊状,加冰糖适量,融化后即成。

【功用】滋养肝肾,补益精血,安神益智。

香菇肉丁羹

【原料】水发香菇、猪瘦肉各 150 克,青菜叶 30 克,鸡蛋清 4 个,精盐、黄酒、味精、胡椒粉、植物油、麻油、湿淀粉、清汤各适量。

【制作】香菇洗净后去根蒂,挤干水分,切成小丁。青菜叶洗净,切碎;猪瘦肉洗净切丁。炒锅上火,放油烧热,下葱、姜煸香,倒入香菇丁、肉丁、青菜叶翻炒片刻,随后放入清汤、黄酒、精盐、味精,烧沸,下鸡蛋清搅匀,最后以湿淀粉勾稀芡,待汤浓稠时,即可出锅装碗,淋入麻油即成。

【功用】强身健美,滋阴补钙。

栗子猪脑羹

【原料】栗子 100 克,猪脑 1 具,白糖、精盐各适量。

【制作】栗子去壳及皮,切碎;猪脑去筋膜,洗净,同置砂锅内,加水适量,小火炖 40 分钟,搅成烂糊状,加白糖、精盐调味即成。

【功用】强身健美,滋养肝肾,补益气血,安神健脑。

红枣猪血羹

【原料】红枣 250 克,猪血 500 克,精盐、味精、黄酒、葱花、生姜末各适量。

【制作】将猪血洗净,切成丁块。红枣冲洗干净,剔去枣核后切碎。炒锅置火上,加入适量清水和猪血、红枣、黄酒、葱花、生姜末,用旺火煮沸后,改用小火炖至汤汁稠浓时,再加入精盐、味精,稍炖即成。

【功用】补脾安神,养血润燥。

雪花蹄筋羹

【原料】油发蹄筋 100 克,熟火腿末 25 克,鸡腿菇 50 克,鸡蛋

清2只，精盐6克，味精4克，香葱1根，生姜1片，黄酒10克，鸡清汤1 000克，胡椒粉、湿淀粉各适量。

【制作】油发蹄筋放入开水中浸软、洗净，捞出沥干水，与鸡腿菇分别切成4厘米长的粗丝。鸡蛋清打匀。锅内放入鸡清汤、香葱、生姜、黄酒、蹄筋丝烧开，再放入鸡腿菇丝、精盐、味精、胡椒粉烧开，捞去香葱、生姜，用湿淀粉勾成薄芡，边淋入鸡蛋清，边用勺推散成雪花状，盛入大汤碗，撒上熟火腿末即可。

【功用】健美养颜，健脾壮骨。

兔肉山药羹

【原料】兔肉500克，山药60克，天花粉10克。

【制作】将兔肉洗净，切块，放水中，加入山药、天花粉，煮至兔肉烂熟，成羹服用。

【功用】强身健美，止渴生津。

猪蹄芝麻羹

【原料】猪前蹄2只，黑芝麻50克，红糖适量。

【制作】将猪蹄用清水浸泡，然后用镊子拔去猪毛，除去蹄甲，用刀刮洗干净，用刀断开，放入砂锅内，加清水适量，用中火煮2~3小时，中途经常加水，以防烧干，直至蹄肉熟烂。取其汤汁，将黑芝麻研末放入汤汁中，再用小火煮成糊状，加入红糖，调匀即可。

【功用】滋阴养血，补虚生血。

牛蹄筋栗子羹

【原料】牛蹄筋100克，栗子150克，精盐、味精各适量。

【制作】将牛蹄筋洗净，切片。栗子洗净，与牛蹄筋一同放入砂锅中，加清水适量，用旺火煮沸15分钟，再用小火煎熬约1小时，加入精盐、味精调味即成。

【功用】补肝养血，益气健脾。

羊肉虾仁羹

【原料】羊肉150克，虾肉120克，大蒜20克，葱2根，生姜3片，湿淀粉5克，精盐、味精、麻油各适量。

【制作】将大蒜洗净，用刀切成细丝。葱去须洗净，切成葱花。生姜去皮洗净，切成片。把羊肉放入温水里烫一下，用清水洗净，用刀切成薄片。将虾肉放入盐水里浸泡10分钟，再用清水洗净，切成粒状。起油锅，用生姜片爆炒羊肉，烹入清水适量，煮沸之后，再放入蒜粒、虾肉粒，煮20分钟，加入葱花，搅拌，再加入精盐、味精调味，用湿淀粉勾稀芡即成。

【功用】健美强身。

补脑宁神羹

【原料】猪脑(或牛羊脑)2副，银耳6克，黑木耳6克，香菇6

克，鹌鹑蛋 3 只，首乌汁 30 克，精盐、味精、湿淀粉各适量。

【制作】猪脑洗净去筋，蒸熟切碎。将黑木耳、香菇水发后切丝。待锅中水开后，下上述各原料煮熟，即放入去壳鸡蛋、首乌汁，用精盐、味精调好味，再用湿淀粉勾芡成羹。

【功用】强身健美，补脑宁神。

羊肉猪心羹

【原料】羊肉 250 克，猪心 1 只，草果、陈皮、高良姜、荜茇、胡椒各 3 克，精盐、味精、生姜、葱、面粉各适量。

【制作】将羊肉洗净切细。猪心洗净切成片。将草果、陈皮、高良姜、荜茇、胡椒用纱布包扎，与羊肉、猪心、生姜、葱同放入砂锅中，加适量清水，用大火煮沸，小火熬成汁，先加精盐、味精调味，再加面粉，调成羹即成。

【功用】温补肾阳，宁心安神。

雪梨兔肉羹

【原料】兔肉 500 克，雪梨 400 克，车前叶 15 克，琼脂适量。

【制作】雪梨榨汁；车前叶煎取汁 100 毫升，兔肉煮熟后，加梨汁、车前叶汁及琼脂同煮，成羹后入冰箱中，吃时装盘淋汁即可。

【功用】清热利湿，化痰减肥。

健美禽肉羹

鹌脯桂圆羹

【原料】桂圆肉 100 克，鹌鹑脯肉 150 克，藕粉 25 克，冰糖 40 克，桂花、鲜汤、鲜生姜、精盐各适量。

【制作】鹌鹑和桂圆肉分别洗净，切成豌豆大小的丁；生姜去皮、拍松。加水入锅烧开，放入鹌鹑肉丁烫一下，捞出装入小盘，加鲜汤、生姜块、冰糖、桂圆肉、精盐，盖严放入蒸笼内蒸 20 分钟，熟透捞出。汤锅洗净，倒入已蒸酥烂的鹌鹑脯肉、桂圆肉烧开，再下桂花，用藕粉勾芡，装碗即成。

【功用】补血养血，强筋骨，增精神。

燕窝鸡茸羹

【原料】鸡肉 100 克，燕窝 15 克，清鸡汤 750 克，淀粉、黄酒、葱、精盐适量。

【制作】燕窝用镊子拣除绒毛杂质，用温水泡发，拣尽杂物后放入清鸡汤中用小火焖煮。鸡肉剁成泥，加酒、湿淀粉调成茸，待燕窝汤焖煮 40 分钟后搅入煮至熟，调味，撒上葱花。

【功用】养阴补虚，益气补肺，健脾益胃。

鸡茸蜗牛羹

【原料】蜗牛肉400克，清汤1 000克，鸡脯肉300克，麻油30克，精盐5克，鸡蛋4个，味精5克，芹菜20克，湿淀粉100克，干淀粉、胡椒粉、小苏打各适量。

【制作】将蜗牛肉洗净，切成小片，盛入碗中，加精盐、味精、胡椒粉和适量鸡蛋清、淀粉、小苏打，拌匀上浆。鸡脯肉剁成茸，盛入碗中，加入适量水调开，鸡蛋打开取清，打匀掺在鸡茸里，加适量精盐、味精、湿淀粉调匀。另把芹菜切成粒待用。炒锅置火上，放油烧热，加入清汤、精盐、味精、胡椒粉，烧沸后用湿淀粉勾稀芡，徐徐倒入鸡茸推散。另把蜗牛片推入锅中划散，待熟后淋上麻油，撒上芹菜粒，起锅装入汤碗中即成。

【功用】益气养阴，平喘止咳。

腐皮鸡丁羹

【原料】腐皮3张，出骨鸡肉150克，熟火腿末少许，黄酒5克，精盐5克，味精1.5克，鲜汤500克，鸡蛋清1只，干淀粉5克，湿淀粉25克，植物油250克(实耗约40克)。

【制作】将腐皮用温水浸软，洗净，去除硬筋，切成1厘米见方的丁。出骨鸡肉(鸡脯肉最佳)剔除老筋，用刀面拍松，并以刀背均匀敲打，使肉纤维疏松，然后切成0.8厘米见方的丁，放入碗中,加精盐 1.5 克、鸡蛋清、干淀粉搅拌均匀。炒锅置火上,倒入植物油,加热至油温 120℃时,推入鸡丁,迅速用手勺拨散滑熟,倒入漏勺沥油。炒锅复置旺火上,添入鲜汤,下腐皮、鸡丁,加黄酒、精盐、味精等调味料。待汤沸时,淋入湿淀粉勾成薄芡,起锅装碗,撒上熟火腿末即成。

【功用】健美养颜,健脾开胃。

杏仁鹌鹑羹

【原料】甜杏仁 50 克,鹌鹑肉 150 克,鸡脯肉 100 克,鸡蛋 2 个,清汤、植物油、葱、生姜、精盐、味精、黄酒、胡椒粉、湿淀粉、鸡油各适量。

【制作】将甜杏仁洗净后放入沸水锅内稍煮,取出去皮。葱、生姜洗净、拍松,待用。将鹌鹑肉洗净,放入开水锅中稍烫,取出后放入大汤盘内,加入清汤、黄酒、生姜、葱、胡椒粉,置笼上蒸至熟烂后取出,拣去生姜、葱,取出鹌鹑肉,去皮,切成碎粒状,放入原汤内。洗净鸡脯肉,去筋皮,剁成茸,放入碗中,用筷子搅动,倒入冷汤,使鸡茸散匀,再加入鸡蛋液搅匀。炒锅置火上,放油烧热,倒入杏仁,炸至浅黄色时捞出,晾凉后剁成末。炒锅置火上,放油烧热,烹入黄酒,将鹌鹑肉倒入锅内(带汤),加入适量清水、精盐、味精、胡椒粉,用大火烧沸,然后用湿淀粉勾芡,并将锅离火,慢慢倒入鸡茸,用手勺轻搅几下,随后煮透,淋上鸡油,出锅装入盆内,撒上杏仁末即成。

【功用】益气血,补虚损。

雪花腐皮羹

【原料】腐皮 3 张,熟鸡脯肉 75 克,水发香菇 50 克,冬笋尖 50 克,熟火腿 15 克,香菜梗 10 克,鸡蛋清 100 克,精盐 5 克,味精 2 克,胡椒粉 1 克,黄酒 10 克,鲜汤 750 克,湿淀粉 30 克,葱花 5 克,姜末 2.5 克,植物油 75 克,麻油 5 克。

【制作】将腐皮用温水浸泡回软,撕去边筋,挤去水分,切成 0.4 厘米见方的片。水发香菇、冬笋尖洗净,与熟鸡脯肉、熟火腿一同切成与腐皮相仿的片。香菜梗洗净,切成 0.4 厘米长的小段。炒锅置中火上,放入植物油、葱花、生姜末炒香,添入鲜汤,下入水发香菇片、笋片、熟鸡脯肉片、黄酒、精盐、味精、胡椒粉,烧沸约 5 分钟,再放入腐皮片。待汤再沸时,将鸡蛋清调散,一边用手勺不停地在汤中搅动,一边淋入鸡蛋清,使蛋液遇热凝固后呈现出雪花状,再淋入湿淀粉勾芡,撒入香菜梗、熟火腿,淋入麻油,出锅装碗即成。

【功用】健美养颜,健脾开胃。

火腿莲子鸭羹

【原料】熟鸭脯肉 100 克,去心莲子 50 克,熟火腿 50 克,鸡蛋 2 只,青豆 50 克,精盐 5 克,味精 3 克,香菜叶 10 克,鸡清汤 1 000 克,湿淀粉适量,麻油 10 克,胡椒粉适量。

【制作】熟鸭脯肉、熟火腿分别切成青豆大小的丁。鸡蛋打入碗中打散。莲子放在开水中泡发后置笼上蒸半小时。锅内放入鸡清汤、熟鸭丁烧开,撇去浮沫,放入莲子、熟火腿丁、青豆、精盐、味精，烧开后用湿淀粉勾成薄芡，边淋入鸡蛋液，边用勺搅匀，放入麻油、胡椒粉，盛入大汤碗中即可。

【功用】健美养颜，滋阴润肤。

鸡茸粟米羹

【原料】鸡脯肉50克，粟米50克，鸡蛋1个，葱花、淀粉、清汤、黄酒、精盐、胡椒粉、味精、熟猪油各适量。

【制作】将鸡脯肉洗净，切成细丁，再剁成茸，加入黄酒、精盐、鸡蛋、淀粉及适量清水，用力搅拌成糊。粟米加清汤适量，用小火熬煮，边煮边搅拌，见起小泡，调入鸡茸糊，加入精盐、味精搅匀，煮沸后淋上熟猪油，撒上葱花、胡椒粉即成。

【功用】健脾益气，补虚填髓，养血滋阴。

鸡茸荠菜羹

【原料】鸡脯肉150克，鸡蛋清6只，荠菜150克，精盐6克，味精4克，鸡汤700克，黄酒3克，植物油100克，干淀粉40克，湿淀粉适量。

【制作】鸡脯肉放入粉碎机内打成泥茸状，依次加入清水25克、淀粉打匀，然后徐徐加入鸡蛋清打匀，加入黄酒、精盐、味精、清水200克搅成白色的鸡茸。荠菜入沸水中烫水，用清水冲凉，挤干水分，切成末。锅内放入鸡汤烧开，加精盐、味精、荠菜末，烧开后用湿淀粉勾成薄芡，离火，边放入鸡茸，边用勺推匀，然后改用大

火，边推边加入植物油，盛入大汤碗中即可。

【功用】健美养颜，滋阴健脾。

松仁鸭羹

【原料】松子仁 50 克，熟鸭肉 200 克，猪油 250 克，熟火腿、水发香菇、冬笋、黄酒、精盐、湿淀粉、鲜汤各适量。

【制作】将松子仁放入油锅炸酥后取出，去除外皮。熟鸭肉、熟火腿、水发香菇、冬笋切成丁。炒锅置火上，放入少许猪油烧热，下入香菇、火腿、冬笋略炒，加入鲜汤、精盐、黄酒、味精烧沸，用湿淀粉勾芡，然后放入鸭肉、松子仁略煮，起锅装入汤碗中即成。

【功用】滋阴补血，润肺止咳。

三鲜玉米羹

【原料】嫩玉米粒 50～100 克，鲜贝丁 25 克，火腿肉丁 25 克，熟鸡肉丁 25 克，淀粉、鸡汤各适量。

【制作】将嫩玉米蒸煮熟烂，再放入鸡汤中与鲜贝丁、火腿肉丁和鸡丁共煮 5 分钟，勾淀粉，调味即成。

【功用】健美养颜，滋阴润肺。

火腿脚爪羹

【原料】火腿肉 30 克，鸡脚爪 3 个，精盐适量。

【制作】将火腿肉、鸡脚爪洗净，加水适量，以小火煮炖2小时，至熟烂成羹汤，加入精盐调味。

【功用】强身健美，健脾止泻。

鸡肝枸杞羹

【原料】鸡肝30克，枸杞子15克，黄酒、精盐、味精各适量。

【制作】枸杞子洗净剪碎，放入锅中，加入鲜汤烧开，用小火炖30分钟，然后加入洗净剁烂的鸡肝，加入黄酒，炖成羹，再加精盐、味精调味即成。

【功用】养肝明目，补心健脑。

莲子鸭羹

【原料】光嫩鸭1只(重约1 500克)，莲子50粒，藕粉25克，火腿15克，香菇15克，冬笋15克，白酱油、精盐、黄酒、鸭油各适量。

【制作】鸭肉洗净后，切成丁，用黄酒、精盐搅拌。火腿、香菇、冬笋切成丁；莲子煨熟。鸭油烧热，将火腿、香菇、冬笋丁炒几下，再放入鸭丁炒至略熟，调好咸淡，放入莲子，加入适量的水，同煮5分钟左右。藕粉用水调成浆，倾入锅中成羹，调味即成。

【功用】滋阴清热，健脾安神。

鸡茸藕羹

【原料】藕粉、面粉各 100 克，鸡脯肉 50 克，鸡蛋清 1 只，精盐、黄酒、鸡汤各适量。

【制作】将鸡脯肉剁成茸，放入黄酒、精盐、鸡汤、藕粉及打匀的蛋清，用力顺着一个方向搅打至发胀。锅置火上，放入适量的水煮沸，搅入鸡茸藕粉糊，见泛白起锅。另用净锅加水煮沸，调入面粉，搅拌成糊状，倒入鸡茸藕粉糊，拌匀即成。

【功用】强身健美。

糟鸭豆腐羹

【原料】糟鸭 1 只（约 2 000 克），内酯豆腐 2 盒（800 克），鲜汤 300 克，鸭油 15 克，精盐 3.5 克，味精 0.5 克，湿淀粉 15 克，植物油 50 克。

【制作】剔取糟鸭肉，切成碎末。内酯豆腐切成 0.3 厘米见方的小丁。炒锅置中火上，放入植物油烧热，投入糟鸭肉末稍煸，加入鲜汤、糟鸭原汁（150 克）、豆腐丁、精盐、味精调味，烧沸后，用湿淀粉勾芡，淋入鸭油推匀，装碗即成。

【功用】健美养颜，滋阴润肤。

鸡丝黄瓜羹

【原料】熟鸡脯肉 20 克，黄瓜 200 克，鸡汤 500 克，生姜片、葱段、精盐、胡椒粉、湿淀粉各适量。

【制作】鸡脯肉用手撕成细丝。黄瓜洗净去皮切成细丝。锅内加入姜片、葱段和鸡汤烧开，捞去姜葱，打去浮沫。加入鸡丝、黄瓜丝，调入精盐和胡椒粉，用湿淀粉勾匀薄芡后盛入汤碗中即成。

【功用】健美养颜，滋阴降脂。

鲜莲鸭羹

【原料】嫩光鸭1只，鲜莲子150克，火腿50克，丝瓜100克，蘑菇50克，鸡蛋清1个，味精、精盐、黄酒、淀粉、猪油、胡椒粉、生姜片、葱段、鲜汤各适量。

【制作】将光鸭剖腹去内脏洗净，去头、脚，拆净骨头，将鸭肉切成粒，盛入碗内，加入鸡蛋清、淀粉拌和，下沸水锅略烫一下捞起，放入炖盅内，加入鲜汤、精盐、黄酒、生姜、葱，上笼蒸30分钟取出，撇去浮沫待用。鲜莲去壳，下沸水锅稍煮去莲衣，捅去莲心。丝瓜刮去外皮洗净，与蘑菇、火腿均切成粒待用。热锅中放入猪油，烹入黄酒，加入鲜汤，放入鸭肉、火腿、鲜莲、蘑菇、精盐、味精、胡椒粉，待烧透后，放入丝瓜，盛起装碗即成。

【功用】强身健美，滋阴补虚，养心安神。

健美河鲜羹

酸辣烩鱼羹

【原料】鲤鱼 500 克,水发香菇丝 15 克,冬笋丝 15 克,姜丝 5 克,香菜叶 15 克,胡椒粉 10 克,精盐 3 克,醋 50 克,味精 2.5 克,酱油 10 克,湿淀粉 50 克,黄酒 15 克,麻油 10 克,鲜汤 1 000 克。

【制作】把初步加工好的鱼洗净,置笼上蒸熟后取出,剔净鱼骨,鱼肉切成 0.5 厘米厚、2 厘米长的肉批。炒锅放旺火上,添入鲜汤,放入姜丝、冬笋丝、香菇丝和鱼肉,再投入精盐、味精、黄酒、胡椒粉,汤沸后,用醋将湿淀粉调匀勾入汤内,出锅前淋入麻油。香菜叶放入碟中,同汤一起上桌。

【功用】健美养颜,开胃醒酒。

白菜虾仁羹

【原料】上浆虾仁 150 克,白菜 500 克,鸡蛋 2 只,精盐 6 克,味精 5 克,白汤 500 克,香葱 2 根,生姜 2 片,湿淀粉适量,植物油 250 克(实耗 100 克),胡椒粉少许。

【制作】白菜切成虾仁大小的丁。鸡蛋打入碗内打匀。锅烧

热，放入植物油烧至6成热，投入上浆虾仁过油，倒出，沥干油。锅内留余油，下香葱、生姜煸香，放入白菜丁煸炒几下，加白汤烧开，加入精盐、味精，捞出香葱、生姜，用湿淀粉勾成薄芡，边淋入鸡蛋液，边推散成蛋花状，放入虾仁、胡椒粉，盛入大汤碗中即可。

【功用】健美养颜，补益气血。

大蒜鲶鱼羹

【原料】鲶鱼500克，大蒜30克，腐竹60克，芹菜60克，香菇15克，生姜4片，白糖、精盐、味精各适量。

【制作】将鲶剖洗净，去肠杂，切块，用开水拖去血水。芹菜去根叶，洗净，切段。腐竹切段，浸软。大蒜去根，洗净，切段。香菇浸湿，用白糖、精盐、味精腌过。芹菜炒至八成熟时捞起备用。另起油锅，下生姜、大蒜、鲶鱼块爆炒至微黄，加入少许黄酒，加入上汤（或清水）、香菇、腐竹煮沸，下精盐、白糖、酱油调味，并转入瓦煲内，小火煲半小时，下芹菜，调匀，下湿淀粉勾芡即成。

【功用】健胃和中，清热平肝。

鲫鱼赤小豆羹

【原料】鲫鱼1尾（重约250克），赤小豆60克，葱1根，黄酒、精盐、味精、酱油各适量。

【制作】将赤小豆拣净杂质，用清水浸泡一夜，用前再清洗干净，沥干水，打烂。葱去须及老黄叶，用清水洗净，切成葱花。将鲫

鱼放入有水的盆内洗一遍，再去鳞、鳃及内脏，清洗，沥干，放入盘内，用少许黄酒搽匀，置笼上蒸熟，待冷后，轻轻拆骨取肉。煮锅洗净，置于火上，加入适量清水，旺火煮沸，放鲫鱼肉入锅，煮开后，放赤小豆泥，并不断地搅拌，加入葱花，煮成稀糊状，加入精盐、酱油、味精调味即成。

【功用】 健脾利水，除湿消肿。

鲫鱼羹

【原料】 大鲫鱼 1 尾（重约 350 克），大蒜 2 瓣，胡椒粒 3 克，花椒 3 克，陈皮 3 克，砂仁 3 克，草果 3 克，葱段、精盐各适量。

【制作】 将鲫鱼用水洗一洗，去鳞及内脏，再清洗一次，净后待用。将大蒜、胡椒粒、花椒、陈皮、砂仁、草果放入清水中洗净，用刀砍成碎末。把大蒜、陈皮、砂仁等切碎，放入鲫鱼肚中，缝合，加水适量，与葱段一同煮熟成羹，加精盐调味食用。

【功用】 补益脾胃，和中止痢。

鳝鱼羹

【原料】 熟鳝鱼丝 150 克，熟火腿 50 克，水发香菇 50 克，嫩茭白 50 克，鸡蛋 2 只，青豆 50 克，精盐 5 克，味精 4 克，黄酒 15 克，香菜叶 3 克，香葱 2 根，生姜 2 片，大蒜瓣 3 瓣，植物油 50 克，麻油 10 克，胡椒粉、湿淀粉各适量。

【制作】 鳝鱼丝切成 1 厘米长的段。熟火腿、水发香菇、嫩茭白分别切成与青豆相仿的粒,大蒜瓣切成片。鸡蛋打入碗内打散。锅内放入植物油烧热,下香葱、生姜、蒜瓣片煸香,放入熟鳝鱼丝煸炒几下,烹入黄酒,加入水发香菇粒、嫩茭白粒煸炒几下,加入熟火腿粒、清水1 000克烧开,撇去浮沫,捞去香葱、生姜,加入精盐、味精、青豆,烧开后用湿淀粉勾成薄芡,边淋入鸡蛋液,边用勺推散成蛋花状,撒入胡椒粉、麻油、香菜叶,盛入大汤碗中即可。

【功用】健美养颜,健脾养血。

菊花鲈鱼羹

【原料】鲈鱼半条,白菊花1朵,冬笋1支,草菇40克,豆腐半盒,姜片2片,青葱1根,鲜汤1大碗,精盐3克,胡椒粉、湿淀粉、黄酒各适量。

【制作】鲈鱼洗净,加姜、葱、酒,蒸熟后拆肉备用。豆腐切小丁。冬笋先煮熟再切片。草菇切薄片,并以热水氽烫备用。所有材料(菊花除外)加盐、胡椒粉煮滚后,加入湿淀粉煮至浓稠成羹,盛于汤碗中。将已剪掉根部的白菊花置于面上,趁热食用时拌匀即可。菊花放入之前要用盐水浸泡10分钟以杀菌。

【功用】健美养颜,清热排毒。

黑木耳鳖肉羹

【原料】甲鱼(300克以上)1只,黑木耳、山药各30克,精盐、味精各适量。

【制作】黑木耳泡发，去掉根蒂，洗净，撕成小片。山药浸透，洗净，切丝。将甲鱼杀死，在腹部呈十字形剖开，去内脏，洗净，放入砂锅中，加黑木耳、山药和适量水，用大火烧开，改小火熬成烂状，加精盐、味精调味即成。

【功用】滋补肝肾，益气养血。

黄芪鳝鱼羹

【原料】黄鳝 250 克，黄芪 30 克，生姜 1 块，淀粉、精盐、味精、麻油各适量。

【制作】将黄鳝活杀，去内脏、头、骨，用清水洗净，切成小段，下开水中烫去血腥、黏液，过凉水，再清洗一次。把黄芪、生姜洗净，黄芪切碎，生姜切成片待用。将淀粉倒入一个洗净的碗内，用水调成糊状。把黄鳝、黄芪、生姜放入锅内，加适量的清水，用旺火煮沸后，转用小火炖 1 小时左右，去黄芪渣，加淀粉糊搅匀，煮沸。食用时加入精盐、味精、麻油拌匀，稍煮一下即成。

【功用】补中益气，补脾养血。

鲫鱼菠菜羹

【原料】鲫鱼 1 尾（重约 250 克），菠菜 50 克，植物油 15 克，花椒粉、生姜、精盐各适量。

【制作】将鲫鱼宰杀，去头、鳞、鳃、内脏，放入清水中洗净，沥干水。菠菜去杂质，放入清水中洗净，切成小段。将生姜去外皮，

洗净切成丝。炒锅置火上,放油烧至七成热,放入鲫鱼略煸,随即加入清水、花椒粉、生姜丝、精盐,烧开,放入菠菜,烧至鱼肉熟烂即成。

【功用】强身健美,健脾益气。

鲈鱼羹

【原料】鲈鱼肉 250 克,冬笋丁 1 000 克,熟鸡脯肉末 25 克,火腿肉末 15 克,猪油 15 克,精盐 5 克,湿淀粉 50 克,葱花 10 克,生姜末 5 克,鸡汤 750 克。

【制作】将鲈鱼去骨,切成鱼丁;笋丁先用开水烫熟待用。炒锅烧热,放猪油 50 克,至五成热,放入葱煸香捞出,把鱼丁倒入稍煸,即烹酒,加鸡汤和笋丁、盐,待汤滚后,即用湿淀粉勾芡,淋上麻油少许,即出锅倒入汤盘中,撒上熟鸡肉和熟火腿末即成。

【功用】健美养颜,润肠排毒。

桃花鳜鱼蛋羹

【原料】桃花 20 朵,鳜鱼肉 200 克,鸡蛋 4 个,鲜豆苗、葱花,生姜丝、清汤,精盐、味精、胡椒粉、醋、麻油、黄酒各适量。

【制作】将花瓣洗净。豌豆苗去老叶取嫩苗,洗净。鳜鱼去鳞、头尾、内脏,取肉洗净,切成薄片,加精盐、黄酒、胡椒粉、葱花、生姜丝、味精拌匀,浸渍入味。鸡蛋打入碗内,搅拌均匀,兑入清汤、精盐、味精、胡椒粉,调好味。将浸渍好的鱼片整齐地排放在蛋

液的平面上。然后放入蒸笼中,先用大火后转小火蒸6分钟,揭开蒸笼放一下气,再将笼盖好蒸10分钟左右,熟后取出。炒锅置火上,下少许清汤、味精、精盐、胡椒粉,烧沸后撇去浮沫,下入桃花瓣、豌豆嫩苗,淋上醋、麻油,盛入蒸好的蛋羹碗内即成。

【功用】补气养血,健脾养胃。

参归鳝鱼羹

【原料】党参20克,当归15克,鳝鱼500克,黄酒、葱花、生姜末、精盐、味精、五香粉、湿淀粉、麻油各适量。

【制作】将党参、当归择洗干净,切片后同放入纱布袋中,扎口备用。将鳝鱼宰杀,去头、骨、内脏,洗净,切成细丝,与药袋同置锅中,加水适量,中火煨煮1小时,取出药袋,滤出药汁,烹入黄酒,加葱花、生姜末、精盐、味精、五香粉,小火上再煮至沸,用湿淀粉勾芡成羹,淋入麻油即成。

【功用】补气益血,增髓益精。

香菜皮蛋鱼片羹

【原料】青鱼肉100克,方火腿50克,鲜蘑菇50克,鸡蛋清2只,皮蛋2只,精盐6克,味精4克,植物油50克,鸡清汤1000克,黄酒5克,香葱1根,生姜1片,胡椒粉少许,湿淀粉适量,淀粉少许,香菜末5克。

【制作】青鱼肉、方火腿、鲜蘑菇、皮蛋分别切成1.5厘米见方的厚片。在鱼片内放入清水10克、鸡蛋清半只、精盐1克、味精1克、淀粉适量搅拌上浆。其余鸡蛋清打散。锅内放入鸡清汤、香葱、生姜、黄酒、鲜蘑菇片、方火腿片烧开,撒入鱼片,烧开后撇去浮沫,捞出香葱、生姜,加精盐、味精、胡椒粉,用湿淀粉勾成薄芡,边淋入鸡蛋清,边用手勺推散,然后放入皮蛋、植物油、香菜末,盛入大汤碗中即可。

【功用】健美养颜,补虚健脾。

鱼肉青菜羹

【原料】鱼肉75克,青菜50克,马铃薯50克,肉汤50克,精盐1.5克,植物油25克。

【制作】鱼肉煮熟捞出并切碎捣烂,马铃薯煮熟后也捣烂,青菜切成菜末放入油锅中煸炒,加入鱼末、马铃薯泥、肉汤和精盐,边搅拌边煮至羹状即可。

【功用】健美强身。

四美羹

【原料】莼菜、蘑菇各200克,蟹黄150克,鲜鱼骨100克,麻油、味精、盐各适量。

【制作】莼菜、蘑菇分别洗净切碎,制成汤羹后加入蟹黄、鲜鱼骨,调和均匀,煮熟后以味精、盐调味,淋上麻油。

【功用】清热生津,厚肠益胃,助消化。脾胃虚寒者不宜服食。

莼菜蟹黄肉鱼羹

【原料】莼菜500克，蟹黄、猪瘦肉各200克，鱼肉、豆粉各100克，香菇50克，精盐适量。

【制作】蟹煮熟后去壳取黄，莼菜、香菇、猪瘦肉分别洗净切丝，然后与鱼肉一起放锅内，加水以小火煮熟，再用豆粉勾芡，续滚数沸，以盐调味。

【功用】滋阴润燥，开胃利肠，补虚强身。

虾蛋豆粉羹

【原料】鲜虾150克，鸡蛋2只，绿豆粉100克，香菇50克，香橼皮、瓜子仁各30克，米酒、味精、精盐各适量。

【制作】鲜虾去壳取肉切碎，香菇、香橼皮水发后切丝，同入热油锅内稍煸。然后盛起与鸡蛋浆、绿豆粉、瓜子仁、米酒调匀，倒入煮至沸滚的清汤内，调入味精、精盐后，续滚数沸。

【功用】开胃健脾，理气化食，补肾壮阳。

鲫鱼温中羹

【原料】大鲫鱼1条，草豆蔻、生姜、陈皮各6克，胡椒0.5克。

【制作】鲫鱼去鳃、鳞、内脏，洗净。草豆蔻研末，撒放鱼腹内，用线扎紧，加生姜、陈皮、胡椒、水煮熟成羹，酌加精盐调味

即可。

【功用】补脾温中,健胃进食。

雪花鳅鱼羹

【原料】活鳅鱼 250 克,鸡蛋清 1 只,鲜汤 180 克,葱段、生姜片、熟猪油、精盐、味精、淀粉、胡椒粉各适量。

【制作】将活鳅鱼冲洗干净,盛入瓦钵里,放入葱、生姜,用沸水将鳅鱼焖几分钟,再用筷子逐条将鱼肉扒下来,盛入碗中。蛋清搅成雪花状备用。锅放大火上,下汤、鱼肉,再加精盐、熟猪油、味精烧开,湿淀粉勾芡,再烧上蛋清,用手勺推散,放入葱段,撒上胡椒粉,即可出锅。

【功用】健美强身。

春笋鳜鱼羹

【原料】净鳜鱼 1 条,熟火腿 50 克,净春笋 100 克,鸡蛋 2 只,精盐 5 克,味精 5 克,黄酒 15 克,酱油 5 克,鸡汤 1 000 克,香醋 25 克,麻油 10 克,葱花 5 克,生姜 1 块(拍松),胡椒粉、湿淀粉适量。

【制作】火腿、净春笋分别切成边长 1.5 厘米的菱形片。鸡蛋打入碗中打散。鳜鱼放入盘中,加精盐 1 克、黄酒 5 克、香葱、生姜,置笼上蒸熟后稍冷,除去皮、骨,留鱼肉和鱼汁待用。锅内放入鸡汤、精盐、味精、黄酒、鱼汁、熟火腿、净春笋,烧开后加入鳜鱼肉,用湿淀粉勾成薄芡,边淋入鸡蛋液,边推散成蛋花,加入香醋、葱

花、胡椒粉、麻油，盛入大汤碗中即可。

【功用】健美养颜，健脾养血。

三虾豆腐羹

【原料】虾仁 50 克，虾子 10 克，虾油 50 克，嫩豆腐 500 克，麻油 20 克，黄酒 3 克，味精 2 克，精盐 3 克，青蒜茸、湿淀粉各适量。

【制作】将虾仁洗净放入碗中，加黄酒、味精、精盐（少许）调匀。嫩豆腐切成 2 厘米见方、1 厘米厚的小块，在沸水中烫一下，用漏勺捞出，再用冷水漂一下，沥水，待用。炒锅置旺火上烧热，放入麻油和鲜汤，加入虾油、黄酒、虾仁和豆腐块，盖上盖，烧沸 3 分钟后开盖，放虾子、味精、精盐，再用湿淀粉勾芡起锅，装入汤碗中，撒上青蒜茸即成。

【功用】强身健美，补肾养颜。

烩蟹羹

【原料】蟹黄 100 克，冬笋、粉芡各 50 克，香菇、嫩豌豆、黄酒各 6 克，胡椒粉 3 克，碘盐、味精少许。

【制作】把香菇、冬笋洗净，切成小薄片，与豌豆、蟹黄一起放入鸡汤锅中。置汤锅于大火上，烧至水沸，加入黄酒、胡椒粉、碘盐和味精，搅匀并改为小火煨煮，至汤略沸，勾入流水芡起锅即成。

【功用】滋阴清热，健脑增智。

鱼茸白奶羹

【原料】青鱼肉 100 克，番茄 15 克，豌豆 25 克，面包 100 克，肉汤 250 克，干香菇 1.5 克，植物油 150～200 克（实耗约 25 克），黄酒、味精、精盐、干淀粉适量。

【制作】将香菇用开水泡开，洗净，去根，切成小方丁。番茄洗净切丁，面包切丁，淀粉用水调好。取鱼肉放入开水锅，微火煮熟后捞出，碾成碎泥。肉汤烧开，倒入鱼肉泥、豌豆、香菇丁、番茄丁、味精、黄酒、精盐等，待水再开时加入湿淀粉，略搅几下，加入猪油，即成鱼茸羹。植物油倒入锅中，在旺火上烧开，倒入面包丁，待炸成橙黄色时取出，放在碗中，倒上鱼茸羹，即成。

【功用】强身健美，补益脾胃。

鲜虾冬瓜羹

【原料】冬瓜 200 克，虾 20 克，鲜菇 20 克，精盐、味精、胡椒粉各适量，丝瓜 20 克，蛋白 1 只。

【制作】冬瓜去皮、瓤，切粒。鲜菇、丝瓜洗净切粒。虾仁用精盐、味精、蛋白腌过。下油烧热，下虾仁泡油至八成熟，倒入笊篱去油。再取烧锅放入上汤、冬瓜粒、鲜菇粒，加盐、味精，滚后加入虾仁、丝瓜粒，调入适量胡椒粉，片刻即成。

【功用】强身健美，补钙壮骨。

虾仁豆腐羹

【原料】内酯豆腐400，虾仁150克，熟咸鸭蛋黄1只，香葱花5克，香菜末2克，姜汁25克，黄酒10克，精盐5克，味精2克，胡椒粉1.5克，湿淀粉30克，鲜汤400克，植物油75克。

【制作】将内酯豆腐切成0.3厘米见方的粒状，投入煮沸的盐水锅中烫一下，捞出沥干水分。熟咸鸭蛋黄用刀口压碎。炒锅置中火上，放入植物油，下香葱花、虾仁、咸鸭蛋黄泥炒出香味，烹入姜汁、黄酒，加入鲜汤、豆腐粒、精盐、味精、胡椒粉，待烧沸后，用湿淀粉勾芡推匀，装入碗中，撒上香菜末即成。

【功用】健美养颜，补肾壮骨。

虾仁蛋羹

【原料】鸡蛋1个，鲜虾仁8克，白酒少许，精盐1克，青菜叶2片，麻油2克，鲜汤500克。

【制作】将鸡蛋打入碗中，打匀。鲜虾仁洗净，剁成碎末。青菜叶洗净切末。将虾仁泥加上几滴酒和少许盐，拌匀。将鲜汤、拌好的虾仁放入碗内，倒入鸡蛋液，再加入菜末，上笼屉蒸10分钟至熟，出锅滴上几滴麻油即成。

【功用】补钙壮骨。

宋嫂鱼羹

【原料】鳜鱼1条600克，熟火腿10克，熟笋25克，水发香菇25克，鸡蛋黄3个，葱段25克，姜块（拍松）5克，姜丝1克，黄酒30克，酱油25克，精盐25克，醋25克，味精3克，清汤250克，湿淀粉30克，熟猪油50克，胡椒粉1克。

【制作】将鳜鱼剖洗干净，去头，沿脊背片成两半，去掉脊骨至腹腔，将鱼肉皮朝下放在盆中，加入葱段10克、姜块、黄酒15克、精盐1克稍渍后，置蒸笼上用旺火蒸6分钟，取出，拣去葱段、姜块，卤汁滗在碗中，把鱼肉拨碎，除去皮、骨，倒回原卤汁碗中。将熟火腿、熟笋、香菇均切成2厘米长的细丝，鸡蛋黄打散，待用。将炒锅置旺火上，下入熟猪油15克，投入葱段15克煸出香味，舀入清汤煮沸，拣去葱段，加入黄酒15克、笋丝、香菇丝。再煮沸后，将鱼肉连同原汁落锅，加入酱油、精盐内搅匀，待羹汁再沸时，加入醋，并洒上八成热的熟猪油35克，起锅装盆，撒上熟火腿丝、姜丝和胡椒粉即成。

【功用】健美养颜，益气补虚。

虾仁豆腐番茄羹

【原料】嫩豆腐250克，虾仁50克，番茄50克，豌豆20克，植物油50克，黄酒10克，盐3克，酱油15克，醋3克，白糖5克，麻油5克，湿淀粉25克，生姜汁、鲜汤各适量。

【制作】将豆腐洗净，纵向切开，再横向切成方块，用开水浸泡烫透，取出，挤干水分，改切小丁；虾仁洗净，放入碗内，加姜汁、少许黄酒、湿淀粉浆好；番茄用开水烫一下去皮，切成小块；豌豆洗净，放入开水锅中烫至断生。锅架火上，放入植物油 25 克，烧至六七成热，下入虾仁炒透，盛入碗内。原锅再回火上，放入余下的油，烧至六七成热，下入番茄块煸炒片刻，加入豆腐块、虾仁，注入鲜汤，下入盐、酱油、糖、余下的黄酒，旺火烧开，加入醋，再用余下的湿淀粉勾成羹状的芡加入，加入豌豆，淋上麻油，颠翻均匀即可。

【功用】健美养颜，滋阴润肤。

姜椒鲫鱼羹

【原料】鲜鲫鱼 1 尾（重约 250 克），生姜 20 克，橘皮 10 克，胡椒粉 3 克，精盐适量。

【制作】将鲫鱼去鳞、鳃，用刀剖腹，去内脏，用清水洗净。生姜去外皮，洗净切成丝。将橘皮洗净，与生姜丝、胡椒粉一同装入布袋中，扎紧袋口，放入鲫鱼腹中，再将鲫鱼放入锅中，加水后置于火上，用小火煨熟，取出药袋，加精盐调味即成。

【功用】温中散寒，健脾开胃。

健美海鲜羹

烩黄鱼羹

【原料】净黄花鱼肉125克，香菇15克，瘦火腿15克，鸡蛋2只，精盐、味精、黄酒、葱花、生姜末、胡椒粉、鲜汤、淀粉、麻油各适量。

【制作】将黄花鱼肉、火腿、香菇均切成丁。鸡蛋打入碗内，用筷子搅散待用。炒锅烧热加入鲜汤，待烧沸后将鱼肉丁、火腿丁、香菇丁一起放入锅内，加入黄酒、精盐、味精搅匀，待烧沸后用湿淀粉勾成薄芡，随即淋入鸡蛋，用勺轻轻推匀，然后淋入麻油，撒上胡椒粉、葱、生姜，起锅装碗即成。

【功用】强身健美，补气开胃，滋阴润肺。

莼菜黄鱼羹

【原料】莼菜250克，黄鱼肉100克，熟火腿10克，鸡蛋清1只，黄酒、精盐、味精、葱段、肉汤、鸡油、猪油各适量。

【制作】将洗净的黄鱼肉去皮，切成1厘米宽的长条，斜刀片成薄片，加入精盐、蛋清、酒、味精拌匀。熟火腿切成指甲大小的

片。把洗净的莼菜入沸水锅中烫一下，捞出沥干水，盛入碗中。炒锅下猪油烧至四成热，倒入鱼块划散，装入漏勺沥油。锅内留余油，放入葱段、酒、肉汤烧至略沸，捞出葱段，放入味精、鱼块、莼菜，烧沸起锅盛入碗内，撒上火腿片，淋上鸡油即成。

【功用】强身健美，开胃益气。

三丝鱼翅羹

【原料】水发鱼翅250克，熟冬笋丝100克，熟火腿丝50克，上浆鸡丝100克，精盐6克，味精4克，黄酒10克，香葱2根，生姜2片，鸡汤1 000克，植物油750克(实耗50克)，胡椒粉、湿淀粉各适量。

【制作】水发鱼翅撕碎，包入纱布内，入开水中烫后捞出，放入碗内，加香葱、生姜、黄酒、鸡汤50克，置笼上蒸1小时。锅烧热，放入植物油烧至4成热，投入上浆鸡丝，用筷子划散，待鸡丝断生时倒出，沥干油。锅内放入鸡汤，烧开，放入鱼翅、熟冬笋丝、熟火腿丝、精盐、味精，烧开后用湿淀粉勾成薄芡，放入鸡丝、胡椒粉，盛入大汤碗中即可。

【功用】健美养颜，健脾开胃。

凤菇三宝羹

【原料】鲜凤尾菇200克，水发鱼翅100克，油发猪蹄筋100克，虾仁50克，白菜心200克，黄酒、精盐、味精、蒜瓣、酱油、湿淀粉、猪油各适量。

【制作】将凤尾菇洗净，放在沸水锅中烫熟捞出，留汤备用。鱼翅去烂肉，洗净，下锅煮熟。锅中加猪油烧热，投入蒜末及虾仁爆炒至香，加入菜心、酱油、精盐、黄酒、鱼翅、蹄筋烧沸，小火焖烧一段时间，加入凤尾菇及原汤，烧至凤尾菇、鱼翅、蹄筋入味，用湿淀粉勾稀芡，烧开后出锅即成。

【功用】健美养颜，滋补强壮。

海鲜白玉羹

【原料】豆腐250克，虾仁30克，水发鱿鱼30克，水发海参30克，鸡蛋1只，韭黄15克，胡椒粉、精盐、味精、麻油、淀粉、鲜汤各适量。

【制作】将豆腐、虾仁、鱿鱼、海参分别切成粒，并用开水烫一下捞出。韭黄洗净。切成1.5~2厘米长的段备用。锅内放入汤烧开，下入豆腐、虾仁、海参、鲍鱼及胡椒粉、精盐、味精稍煮。然后用湿淀粉勾芡，再将鸡蛋清放入汤中搅匀，随后放入韭黄和少量麻油即成。

【功用】强身健美，补肾增乳。

豆腐干贝羹

【原料】豆腐350克，干贝5粒，鸡蛋2只，精盐6克，味精4克，鸡汤1000克，黄酒5克，香葱2根，生姜2片，植物油50克，胡椒粉、湿淀粉各适量。

【制作】干贝洗净后放入小碗中，加清水 50 克、黄酒，置笼上蒸 3 分钟取出、撕碎。鸡蛋打入碗中打散。豆腐切成细丝。锅内放入鸡汤、香葱、生姜、干贝（连汤汁），烧开后放入豆腐丝、精盐、味精，再烧开时捞去香葱、生姜，用湿淀粉勾成薄芡，放入胡椒粉、植物油推匀，边淋入鸡蛋液，边推匀，盛入大汤碗中即可。

【功用】健美养颜，滋阴润肤。

鲜蛏咸蛋豆腐羹

【原料】嫩豆腐 400 克，鲜蛏子 250 克，熟咸鸭蛋黄 3 只，香葱花 2.5 克，蚝油 20 克，精盐 5 克，味精 1.5 克，白糖 1 克，胡椒粉 1 克，蒜末 2.5 克，鲜汤 350 克，湿淀粉 30 克，麻油 15 克，植物油 75 克。

【制作】将豆腐随冷水一同下锅煮至微沸，捞起沥水，晾凉后切成 1 厘米见方的丁。鲜蛏子洗净，投入沸水锅中略烫，待张口时捞起，取出蛏子肉，除去肠，浸入凉水中。咸鸭蛋黄用刀拍扁，切成 0.3 厘米见方的丁。炒锅置中火上，放入植物油烧热，煸香蒜末，加入鲜汤、豆腐丁，下精盐、蚝油、味精、白糖调味，再放入咸蛋黄丁，待汤水沸起，放入蛏子肉，用湿淀粉勾芡，淋入麻油，盛入汤碗中，撒上香葱花即成。

【功用】健美养颜，滋阴润肺。

参归海参羹

【原料】党参 15 克，当归 15 克，黄芪 15 克，海参 50 克，大枣

15枚，红糖20克，湿淀粉适量。

【制作】将党参、当归、黄芪洗净，切成片，同入砂锅中，加水浓煎2次，每次30分钟，合并两次滤汁，备用。将海参泡发，纵剖成细条状，横断成黄豆大小的海参丁，待用。将大枣洗净，放入砂锅中，加适量水，用大火煮沸，加党参、黄芪、当归煎汁，改用小火煨煮20分钟，入海参丁，并加红糖，共煮10分钟，用湿淀粉勾芡即成。

【功用】滋养肝肾，健脾养血。

干贝鳜鱼羹

【原料】干贝40克，桂花鱼1尾（重约500克），鲜汤2杯，陈皮10克，韭黄20克，蛋白3只，胡椒粉、白糖、湿淀粉、麻油各适量。

【制作】将干贝用水略冲，用热水浸2小时，取出（浸水留用），加入淀粉、胡椒粉、白糖腌片刻，隔水蒸12分钟，待凉。撕成细丝备用。将桂花鱼剖好，洗净，用植物油、淀粉、胡椒粉涂匀内外，隔水蒸9分钟，待凉，拆肉，鱼骨留用。陈皮浸软切丝。韭黄洗净切粒。蛋白调匀。烧沸鲜汤、鱼骨及干贝浸水，10分钟后，把鱼骨取出，加适量沸水，下陈皮、干贝再沸20分钟，用湿淀粉勾芡，用精盐、味精拌匀，下桂花鱼的鱼肉，待再沸即成。

【功用】养益气血，清补和胃。

干贝西瓜羹

【原料】干贝50克，西瓜1个，鸡蛋2个，精盐、醋、酱油、胡椒

粉、湿淀粉、麻油、黄酒、香菜末、黄瓜丝各适量。

【制作】西瓜去瓤及青皮，切成细丝，用盐腌后漂净。干贝放入黄酒中稍腌，加葱姜，置笼上蒸1小时左右，取出晾凉，然后用手搓成细丝。起锅放水烧开，加西瓜丝、干贝丝，待其浮起后，加精盐、醋、酱油（少许，用以增色）、胡椒粉，用湿淀粉勾成稍稠的熘芡，将两个鸡蛋打散放入，淋上麻油、黄酒，撒上香菜末、黄瓜丝即成。

【功用】补气养阴，益血润肠。

海参虾仁猪肉羹

【原料】海参1个，虾仁200克，猪里脊肉200克，笋150克，香菇4朵，鲜汤800克，淀粉、白糖、精盐、麻油、黄酒各适量。

【制作】将海参涨发后去内脏，切成适当大小。虾仁加黄酒和精盐腌10分钟，再加淀粉拌匀。猪肉切片，加淀粉、精盐拌匀。笋切片。香菇泡软，切适当大小。烧沸鲜汤，放入香菇、笋与海参煮2~3分钟后倒入里脊肉片，接着再放虾仁，加精盐、白糖调味后，用湿淀粉勾芡，淋入麻油即成。

【功用】滋补肾阴，助阳壮骨。

翡翠干贝羹

【原料】干贝150克，火腿末20克，莱茸、蛋清、黄酒、精盐、味精、胡椒粉、湿淀粉、麻油、鲜汤各适量。

【制作】干贝加黄酒、鲜汤，置火上蒸透后取出，碾碎待用。

锅内注入鲜汤，放进碾碎的干贝，加入盐、味精、胡椒粉等调料，烧开，用湿淀粉勾芡后再加菜茸、蛋清，撒上熟火腿末，淋上麻油起锅装盆即成。

【功用】健美养颜，滋阴润肤。

鱼鳔胶羹

【原料】鱼鳔30克，黄酒、葱、生姜各适量。

【制作】将鱼鳔剖开，除去血管及黏膜，洗净，放入砂锅中，加水250克，用大火煮沸至浓厚的溶液，冷却后即成鱼鳔胶。用时取鱼鳔胶放入锅内，加入适量开水、黄酒、葱、姜，一边小火煎熬，一边徐徐搅动，至鱼鳔胶溶化成羹即成。

【功用】滋阴益精，养血止血。

苋菜黄鱼羹

【原料】黄鱼肉200克，苋菜150克，鸡蛋清2只，熟火腿片10克，精盐、味精、黄酒、白汤，湿淀粉、鸡油、猪油各适量。

【制作】黄鱼肉洗净去皮，切成1厘米见方的丁，用精盐、蛋清、黄酒、味精充分捏匀，加湿淀粉拌匀上浆。苋菜洗净，用沸水略烫，即倒入漏勺沥干水待用。锅中下猪油烧至四成热时，把鱼丁入锅划散，倒入漏勺沥去油。锅内留余油，放入葱段略煸，烹入黄酒，加入白汤，烧沸后取出葱段，加精盐、味精，用湿淀粉勾芡。再放入鱼丁及苋菜，转动炒锅，用手勺推搅均匀，起锅装入碗内，撒上火腿

片，淋上鸡油即成。

【功用】强身健美，益胃滋阴。

荸荠海蜇羹

【原料】荸荠5个，海蜇60克，猪油、精盐、味精、淀粉各适量。

【制作】将荸荠去皮，清水洗净，切碎。海蜇放温水中浸泡半小时，过凉水洗净，切成细丝。取一个小碗洗净，用淀粉加水拌匀。用锅煮沸清水适量，把荸荠、海蜇放入锅内，加猪油煮熟，点入精盐、味精调味，加入碗内的淀粉，拌匀再煮沸，即成。

【功用】滋养胃阴，和胃降逆。

冬瓜干贝羹

【原料】干贝50克，冬瓜500克，青菜、精盐、味精、鸡汤、湿淀粉、胡椒粉各适量。

【制作】分别将冬瓜、青菜洗净，把冬瓜置笼上蒸熟，然后剁成茸。青菜挤菜汁。汤锅内倒入鸡汤，投入干贝、冬瓜茸，加盐、味精等调料调味，烧沸，用湿淀粉勾芡后注入菜汁，煮熟即可。

【功用】健美养颜，滋阴润肤。

海参羹

【原料】水发海参100克，水发香菇20克，笋片20克，熟火腿末10克，黄酒、精盐、味精、葱段、生姜片、胡椒粉、猪油、鸡汤各适量。

【制作】将水发海参、香菇分别洗净，将二料切碎。锅中放油烧热，放入葱、生姜煸香，倒入鸡汤，再捞去葱、生姜，然后加入海参、香菇、笋片、精盐、黄酒、味精等，煮沸后用湿淀粉勾芡，撒上火腿末及胡椒粉即成。

【功用】强身健美，滋阴补血。

干贝鲜荔羹

【原料】细鸡丝120克，干贝100克，荔枝肉50克，韭黄25克，水发香菇丝15克，鸡蛋清2个，精盐、胡椒粉、麻油、黄酒、姜汁酒、湿淀粉各适量。

【制作】将干贝洗净，放炖盅内，下油拌匀，再下生姜汁酒、清水和精盐，入蒸笼中，用中火蒸半小时至软烂时，取出。炒锅置中火上，放油烧至三成热，放入鸡丝滑开至刚熟，倒漏勺内。始锅再置火上，烹入黄酒，放鲜汤、胡椒粉、干贝、荔枝肉，烧至微沸，用湿淀粉勾芡，下鸡丝，淋上麻油，拌匀即成。

【功用】强身美体。

之江鲈莼羹

【原料】鲈鱼肉150克，莼菜200克，熟火腿丝10克，熟鸡丝25克，鸡蛋清1个，陈皮丝5克，熟猪油250克，清汤200克，姜汁水5克，葱丝5克，黄酒15克，精盐4克，味精2.5克，湿淀粉25

克，熟鸡油10克，胡椒粉3克。

【制作】净鱼肉去皮和血筋，切成6厘米长的丝，加精盐1.5克、蛋清、黄酒5克、味精0.5克，捏上劲，放入湿淀粉10克，拌匀上浆；莼菜用沸水烫一下，即倒入漏勺中沥干水，盛入碗中待用。炒锅置水上烧热，滑锅后下熟猪油，至四五成热(约88～110℃)时，把浆好的鱼丝倒入锅内，用筷子轻轻划散，呈玉白色时，倒入漏勺沥油。锅留油少许，放入葱段略煸，加黄酒10克、精盐2.5克、清汤及水250克，沸起取出葱段，放入味精及姜汁水，用湿淀粉勾薄芡，再放入鱼丝及莼菜，转动炒锅，加入火腿丝、鸡丝、葱丝推匀，淋上鸡油，起锅盛入汤碗，撒上陈皮丝、胡椒粉即成。

【功用】健美养颜，清热排毒。

荠菜干贝羹

【原料】干贝100克，荠菜200克，鲜汤、精盐、味精、湿淀粉、黄酒、葱各适量。

【制作】先把干贝放入小碗中，用黄酒浸没，放葱，然后置笼上蒸透后取出，碾碎成丝状。锅内注入鲜汤，加盐、味精，烧沸后放入干贝丝，撇去浮沫，再用湿淀粉勾流芡。荠菜洗净后斩碎，放入油锅中煸至去菜腥味，尔后盛入勾过流芡的干贝中即成。

【功用】健美养颜，滋阴润肤。

美味鱼翅羹

【原料】水发鱼翅50克，虾仁150克，金针菇25克，竹笋1/2

支，香菇3朵，醋10克，胡椒粉、糖、淀粉、味精各适量。

【制作】将虾仁、鱼翅洗净，竹笋去壳切丝，香菇泡软后切丝备用。虾仁沾上淀粉，用滚水略烫后捞起备用。烧热油锅，爆香香菇，然后把金针菇、竹笋加入后，再放2杯清水煮滚，加入鱼翅，再煮滚。依次加入虾仁、醋、糖、味精于锅内，用淀粉水勾芡，最后撒上胡椒粉即可。

【功用】健美养颜，健脾壮骨。

黄鱼海参羹

【原料】大黄鱼肉125克，水发海参125克，鸡蛋1个（重约40克），火腿末2克，熟猪油15克，精盐3克，味精2克，胡椒粉1克，黄酒5克，肉汤280克，淀粉5克，葱3克。

【制作】将火腿蒸熟，切成细末。葱洗净切段。淀粉加水调成湿淀粉。大黄鱼去磷、鳃，把内脏洗净，取净肉125克，将大黄鱼肉和水发海参均切成5厘米宽、1厘米厚的厚片。鸡蛋去壳，搅匀备用。炒锅置火上，放入熟猪油，烧至温热，下入葱段略煸几下，加入黄酒、肉汤、海参片和大黄鱼肉片，再加入胡椒粉。煮开后，把葱段取出，加入精盐、味精，用湿淀粉勾芡，再把打好的鸡蛋慢慢倾入，然后倒入碗中，淋上少许熟猪油，撒上火腿细末即成。

【功用】健美强身。

红薯乌贼羹

【原料】红薯100克，乌贼鱼肉、鲜汤、葱花、生姜末、味精、白

糖各适量。

【制作】红薯洗净去皮，切块，浸入淡盐水中10分钟后捞出洗净；乌贼鱼肉洗净切片。炒锅置火上，放油烧热，下葱花、生姜末煸香，下红薯与乌贼鱼肉片炒一下，加入鲜汤同煮至熟，加入味精、白糖即成。

【功用】补虚益气，养血滋阴。

黄鱼青菜羹

【原料】黄鱼500克，嫩豆腐1/2块，青菜250克，鸡蛋1个，鲜汤800克，生姜末5克，葱花10克，精盐4克，黄酒15克，味精3克，胡椒粉1克，植物油60克，湿淀粉5克，酱油10克。

【制作】将黄鱼收拾干净，加少许黄酒入蒸锅内蒸熟，趁热将鱼刺摘净。豆腐切成比筷头稍大的小方丁，入淡盐水中烫一下。青菜切小块在沸水中烫至刚熟捞出。炒锅置火上，放油烧热，下生姜末、葱花爆香，随后投进鱼肉翻炒，再加黄酒、酱油稍炒一会，倒入鲜汤；待烧沸后，下豆腐丁、青菜块，加盐、味精、胡椒粉入锅，然后将鸡蛋打在碗内调匀，慢慢倒入锅内。开锅后用湿淀粉勾芡，使汤汁稠如米汤状即成。

【功用】益气健脾，补精添髓。

莴苣鱿鱼羹

【原料】莴苣50克，虾仁、鱿鱼、海参、干贝各30克，枸杞子

10克,精盐、胡椒粉、湿淀粉、鲜汤、葱油、鸡蛋液各适量。

【制作】鱿鱼、海参、干贝入沸水锅中烫水,捞出沥干。干贝搓成细丝状,枸杞用温水泡透。锅入鲜汤,烧开,放入虾仁、鱿鱼、海参粒和干贝丝,加入盐、黄酒、葱姜蒜调味。鸡蛋液搅拌好,烧开后,倒入莴苣、枸杞子,勾芡,淋上橄榄油,装盘即可。

【功用】健美养颜,补益肝肾。

黄鱼豆腐羹

【原料】净小黄花鱼1尾,豆腐250克,鸡蛋1个,水发香菇50克,火腿、韭黄、精盐、黄酒、生姜、葱、胡椒粉、淀粉、鲜汤、麻油各适量。

【制作】将黄花鱼用黄酒、精盐、葱、生姜腌一会儿,置锅上蒸10分钟左右,然后拆骨取肉。香菇、火腿分别切成粒。韭黄切成段。豆腐切成薄片。锅内加汤,烧开后放入香菇、火腿粒、精盐、葱、生姜和胡椒粉,下鱼肉、豆腐,用湿淀粉勾芡,然后加入打匀的鸡蛋液、韭黄,淋上麻油即成。

【功用】滋补强壮。

雪花银鱼羹

【原料】银鱼100克,熟火腿丝50克,鸡蛋清2只,精盐5克,味精5克,黄酒5克,香葱2根,生姜2片,鸡汤1 000克,香菜末5克,植物油50克,胡椒粉、湿淀粉各适量。

【制作】银鱼放入开水中烫水，捞出沥干水。鸡蛋清打匀。锅内放入鸡汤、香葱、生姜烧开，放入火腿丝、银鱼、精盐、味精、黄酒烧开，除去香葱、生姜，用湿淀粉勾成薄芡，边淋入鸡蛋清，边用勺推散成雪花状，放入植物油、胡椒粉、香菜末，盛入大汤碗中即可。

【功用】滋阴润肤。

什锦羹

【原料】上浆虾仁 25 克，方火腿 25 克，熟鸡脯肉 25 克，海米 25 克，油发肉皮 25 克，水发海参 25 克，水发香菇 25 克，青豆 25 克，鲜蘑菇 50 克，白菜梗 500 克，鸡蛋清 2 只，精盐 6 克，味精 4 克，黄酒 15 克，白汤 500 克，植物油 250 克（实耗约 100 克），胡椒粉、湿淀粉各适量。

【制作】白菜梗、方火腿、熟鸡脯肉、水发海参、水发香菇、鲜蘑菇分别切成青豆大小的丁。油发肉皮放入开水中泡软后洗净，切成丁。海米放入开水中泡软。上浆虾仁下开水锅烫水后沥干。锅内放入植物油烧热，下香葱、生姜煸出香味，放入水发海参丁、黄酒、肉皮丁、海米、鲜蘑菇丁、白菜梗丁、水发香菇丁、鸡脯肉丁、清水 1 000 克烧开，撇去浮沫，加入虾仁、方火腿丁、青豆、精盐、味精、胡椒粉烧开，用湿淀粉勾成薄芡，边淋入鸡蛋清，边推散，盛入大汤碗中即可。

【功用】健美养颜，补益气血。

枸杞子鱼鳔羹

【原料】枸杞子 20 克，鱼鳔 50 克，瘦猪肉 100 克，沙苑子 15 克，精盐、酱油、味精各适量。

【制作】鱼鳔用水浸泡 1 小时，洗净，再用沸开水浸洗干净，切成小段。将沙苑子、枸杞子放水中，洗净。将瘦猪肉用水洗净，切成片，加入精盐、酱油、味精拌匀，稍腌。将全部原料一齐放入炖盅内，加开水适量，炖盅加盖小火隔开水炖 3 小时即成。

【功用】滋肾益精，养肝止血。

海参鲍鱼羹

【原料】海参 200 克，鲍鱼 100 克，竹笋 10 克，鲜汤、黄酒、精盐、味精、葱花、姜丝、湿淀粉各适量。

【制作】将海参洗净后切成长条，鲍鱼发好后切成丝，竹笋切成片，同时放入砂锅中，加入鲜汤，用小火煮熟，再加入精盐、味精、黄酒、葱花、姜丝，用湿淀粉勾芡即成。

【功用】滋阴补肾，乌发明目。

蛎鲜豆腐羹

【原料】鲜海蛎肉 100 克，嫩豆腐 200 克，冬笋 30 克，水发香菇 15 克，熟猪瘦肉 15 克，青豆 10 克，香菜叶 5 克，葱花 2.5 克，姜

末2.5克，黄酒10克，精盐3克，味精1.5克，胡椒粉1克，花椒油10克，湿淀粉25克，鲜汤400克。

【制作】嫩豆腐切成0.5厘米见方的丁，投入沸水锅中烫透，捞出沥干水分。海蛎肉除净杂质，大的切为4块，投入沸水锅中烫一下捞出。冬笋、水发香菇、熟瘦猪肉均切成0.5厘米见方的丁。锅中放入鲜汤、黄酒、精盐、味精烧沸，下葱花、生姜末、豆腐丁、冬笋丁、香菇丁、熟肉丁、青豆烧沸，调好口味后，加入海蛎肉、胡椒粉，用湿淀粉勾芡，淋入花椒油，撒上香菜叶即成。

【功用】健美养颜，滋阴补血。

海带银鱼羹

【原料】银鱼250克，海带150克，植物油10克，精盐、味精、湿淀粉、鲜汤各适量。

【制作】将银鱼、海带分别洗净，用沸水烫过，滤去水待用。将鲜汤倒入炒锅中烧沸，去浮沫，加入精盐调味，放入银鱼、海带丝、味精，用湿淀粉勾芡，淋上明油即成。

【功用】滋阴补肾，清热利水。

酸辣银鱼羹

【原料】小银鱼250克，火腿末20克，葱花5克，生姜末3克，蒜茸2克，泡红辣椒7克，精盐3克，味精1.5克，胡椒粉1克，醋5克，湿淀粉15克，黄酒5克，麻油3克，香菜末3克，鲜汤700克，植物油适量。

【制作】将银鱼掐去头尾，洗净沥水，放入碗内加盐 1 克、黄酒、湿淀粉拌匀浆好。炒锅上中火，放油烧至五成油温时，将银鱼抖散下锅，滑至银鱼刚熟起锅，倒入漏勺内沥去余油，锅内留油少许。炒锅重置火上，将油烧热，放入葱花、生姜末、蒜茸、泡辣椒末略为煸炒，随即掺入鲜汤，下盐、味精调好味，续放火腿末、银鱼，烧开后以湿淀粉勾芡，使汤汁成为清薄的羹状。加入食醋，撒上胡椒粉，淋上麻油起锅盛于汤盆内，最后撒上香菜末即成。

【功用】滋阴补肾，益气养胃。

沙茶鱿鱼羹

【原料】鱿鱼头及须部 200 克，鸡蛋 1 个，香菜 15 克，醋 10 克，酱油 15 克，精盐 3 克，胡椒粉、蒜泥各适量。

【制作】鱿鱼头切段放入沸水中烫 30 秒钟，捞出，用清水冲洗干净。将鲜汤煮开，放入调味料及鱿鱼，勾芡后倒入鸡蛋液，撒上香菜即可。

【功用】健美养颜，补益肝肾。

银鱼锅巴羹

【原料】鲜银鱼 150 克，锅巴 100 克，水发香菇 50 克，冬笋 60 克，火腿 30 克，生姜 70 克，葱、精盐、酱油、味精、醋、胡椒粉、黄酒、鲜汤、湿淀粉、植物油各适量。

【制作】将锅巴掰成长2厘米、宽2厘米的块。火腿、香菇、冬笋、生姜、葱分别洗净切成丝。用大碗1只，放入醋、生姜丝的一半与麻油，准备盛菜之用。银鱼挤去内脏洗净，用净干毛巾吸干水分，入碗，用湿淀粉拌匀。炒锅置火上，加入鲜汤，下胡椒粉、酱油、黄酒、精盐、香菇、火腿、冬笋、生姜丝、味精烧沸，撇尽浮沫，放入银鱼，待烧沸至各料成熟时，舀入生姜、醋碗内。炒锅置火上，放油烧至八成热，下锅巴炸成黄色时，捞入另一盘内，与装有银鱼等料的大碗一齐上桌，上桌时将锅巴倒入银鱼碗内即成。

【功用】增进食欲，消食解腻。

墨鱼羹

【原料】墨鱼肉250克，葱、生姜、酱油、植物油、麻油、白糖、精盐、黄酒各适量。

【制作】将墨鱼肉洗净，切成丝，放沸水锅中略烫片刻，捞出用凉水冲洗干净，沥净水分待用。将植物油烧热放入葱、生姜爆香，放入墨鱼肉、白糖、盐、黄酒，并注入适量清水，用旺火烧开后改用小火炖至肉熟汤汁浓稠，捞出葱、生姜，淋入麻油拌匀出锅即成。

【功用】补心滋阴，养血明目。

黄鱼鸡蛋羹

【原料】黄鱼1条(重约250克)，鸡蛋1只，猪瘦肉、韭芽、生姜、精盐、味精、黄酒、湿淀粉各适量。

【制作】将黄鱼去鳞去头、去尾去骨,洗净,装盘,放上生姜片、黄酒,置笼上蒸10分钟取出,用筷子将鱼肉划碎,拣出小刺,备用。肉切成丝;韭芽切成段;生姜切成末。锅内加水煮沸,倒入肉丝煮熟,再倒入黄鱼肉、生姜末、盐、味精、黄酒、韭芽,煮沸后用湿淀粉勾芡,倒入鸡蛋液,出锅盛碗即可。

【功用】补锌强身。

蛏肉羹

【原料】蛏肉500克,熟竹笋125克,熟猪肉25克,黄酒、精盐、味精、酱油、葱段、生姜片、猪油、肉汤各适量。

【制作】用一盆淡盐水,倒入洗净的蛏子养3小时,待其吐尽泥汁时捞出。再洗净,放入沸水锅内煮至蛏子张口即捞出。冷后取出肉,将肉洗净。将猪肉、竹笋切小片备用。锅内放入猪油烧热,下入葱段、生姜片煸香,再加入笋片略煸,加入肉汤、黄酒、酱油、精盐煮沸,再放入肉片、味精、蛏肉烧沸入味即成。

【功用】补充微量元素。

健美杂粮羹

赤小豆芋头西米羹

【原料】赤小豆、芋头各 100 克,西米 150 克,椰子汁 30 克,白糖适量。

【制作】芋头去皮,洗净切粒。西米用适量水煮至透明,用清水洗去黏液,滤干水分待用。赤小豆洗净,用水约 6 杯煮至软透,加入芋头粒、白糖,将所有材料煮至软透。将西米、椰汁放入上项材料中拌匀,便可供食。

【功用】滋阴补血,润肠通便。

赤小豆甜酒羹

【原料】赤小豆 250 克,酒酿 250 克,红糖 50 克。

【制作】将赤小豆去杂洗净,加水置旺火上煮沸,再用小火焖烂。把糖拌入赤小豆中,再加酒酿煮沸即成。

【功用】强身健美,生津催乳。

绞股蓝黑米羹

【原料】绞股蓝250克、黑米100克,冰糖适量。

【制作】将绞股蓝嫩茎叶去杂洗净。在沸水锅中烫一下,沥水后切碎。黑米淘净泥沙;煮锅内加适量水,烧开后下入黑米,煮至熟时,投入切碎的绞股蓝,再煮成羹状,加入冰糖调味即成。

【功用】开胃益中,补肺益肝,舒筋活血。

樱桃三豆羹

【原料】樱桃30个,绿豆100克,赤小豆、黑豆各30克。

【制作】将樱桃洗净,入锅,加水煮约1小时,去核,加入洗净的绿豆、赤小豆、黑豆,同煮至豆烂搅成羹即成。

【功用】补益肝肾。

扁豆银耳羹

【原料】扁豆30克,银耳15克,冰糖25克。

【制作】银耳用温水浸泡。将扁豆、银耳放入砂锅中,加清水适量,用小火煮沸后,加冰糖煮至汤稠即成。

【功用】健脾益气,养阴润肺。

豌豆奶羹

【原料】嫩豌豆250克，牛奶50克，白糖30克，湿淀粉25克。

【制作】将嫩豌豆洗净，沥干，煮烂，制成豆泥。汤锅置火上，舀入清水，烧沸，倒入豆泥及白糖，用手勺搅匀，再加牛奶拌匀，最后用湿淀粉勾芡，装盘即成。

【功用】补虚益气，祛瘀解毒。

阿胶葛根藕粉羹

【原料】阿胶15克，葛根粉30克，藕粉60克。

【制作】将阿胶敲碎，放入锅中，加水适量，用中火煮沸烊化，加葛根粉，拌和均匀，继续煨煮至沸，调入用冷水拌匀的藕粉，边加热边搅拌至形成羹状即成。

【功用】滋阴养血，清热止血。

玉米甜羹

【原料】玉米50克，赤小豆30克，薏苡仁50克，蜂蜜30克。

【制作】将玉米洗净。用冷开水泡发30分钟，研成玉米糊，与洗净的赤小豆、薏苡仁同入锅中，加水适量，先用大火煮沸，再改以小火煨煮至赤小豆、薏苡仁呈羹状，调入蜂蜜，拌匀即成。

【功用】健脾养血。

玉米须赤小豆羹

【原料】玉米须50克,赤小豆100克。

【制作】将玉米须洗净,切碎,与淘洗干净的赤小豆一同投入沸水锅中,用大火煮沸,改用小火煮至赤小豆熟烂即成。

【功用】清热化湿,利胆退黄。

银花甘草绿豆羹

【原料】金银花30克,甘草5克,绿豆100克。

【制作】将金银花、甘草加水煎煮,过滤取汁,以汁煮绿豆成羹。

【功用】强身健美,清热化湿。

木香姜糖羹

【原料】广木香15克,干姜20克,藕粉20克,红糖30克。

【制作】广木香与干姜煎水,冲藕粉搅匀,再加入红糖适量,调成羹状。

【功用】温胃,散寒,止痛。

玫瑰藕粉羹

【原料】玫瑰花3克,藕粉30克,冰糖15克。

【制作】将玫瑰花洗净，放入砂锅内煎取浓汁，用沸汁冲调藕粉，加冰糖搅匀即成。

【功用】活血调经。

红薯山药大枣羹

【原料】红薯200克，山药150克，大枣15枚，红糖20克。

【制作】将红薯洗净，切片，浸入淡盐水中30分钟，捞出后漂洗1次，切碎，研磨成红薯粉糊。山药洗净，去皮，与冷水浸泡的大枣一同入锅，加水适量，小火煨煮至稠黏状，调入红薯粉糊，边搅边调，捞出大枣核，加红糖煨煮成羹即成。

【功用】益气健脾，宽肠通便。

绿豆南瓜羹

【原料】绿豆、老南瓜各500克，精盐适量。

【制作】绿豆洗净，加精盐腌片刻，然后用水冲洗。南瓜去皮去瓤，切成约2厘米见方的块状待用。锅内加水500克，烧沸后，先下绿豆煮3~5分钟，待煮沸，下南瓜块，盖锅盖，再用小火煮20分钟，至绿豆、南瓜烂熟，食时加精盐调味即成。

【功用】清热解毒，益胃利肠，消暑生津。

绿豆海带羹

【原料】绿豆100克,海带50克,红糖适量。

【制作】绿豆洗净,海带洗净切细丝,入锅中加水600克,用小火煮绿豆、海带30分钟,待其熟烂,加红糖适量,即成。

【功用】清热解毒,降压祛脂,祛痰散结。

玉米赤豆羹

【原料】玉米50克,赤豆30克,薏苡仁50克,精盐1克。

【制作】将玉米洗净,用冷开水泡发30分钟,研成玉米糊,与洗净的赤豆、薏苡仁同入锅中,加水适量,先用大火煮沸,再改以小火煨煮至赤豆、薏苡仁呈烂花状,调入精盐,再煮1沸即成。

【功用】健脾祛湿,降脂减肥。

薏苡仁豆羹

【原料】陈粟米60克,薏苡仁、绿豆各30克。

【制作】将陈粟米、薏苡仁、绿豆分别拣去杂质,洗净后同放入砂锅中,加温开水浸泡片刻,待其浸涨后,用大火煮沸,改用小火煨煮1小时,煮至绿豆呈开花状,粟米、薏苡仁均酥烂成羹即成。

【功用】清热解毒,润燥止渴,降糖减肥。

百合花杏仁羹

【原料】干百合花15克,甜杏仁200克,大米50克,白糖50克。

【制作】将百合花用水泡开,切成米粒状小片。杏仁用开水略泡片刻,剥去外面红衣,洗净剁成粒,用凉水泡上。大米淘洗干净,用凉水泡上。杏仁和大米捞在一起,加入清水750克,磨成细浆状,过箩去渣,炒锅置火上,加清水500克和白糖,待糖溶化后,放入百合花粒小片,将杏仁、大米浆慢慢倒入锅内,随倒随用手勺搅,全部搅成浓汁,熟后盛入碗内即成。

【功用】润肺止咳,清热安神,健脾养胃。

山楂葛根茯苓羹

【原料】山楂粉30克,葛根粉30克,茯苓粉30克,粟米50克,红糖20克。

【制作】将粟米淘洗干净,放入砂锅中,加足量水,大火煮沸后改用小火煮30分钟,待粟米熟烂,调入茯苓粉、葛根粉、山楂粉,拌和均匀,继续用小火煮20分钟,羹将成时调入红糖,拌匀即成。

【功用】清热解毒,行气散瘀,降脂降压。

黑芝麻薏苡仁羹

【原料】黑芝麻、薏苡仁各50克,枸杞子20克。

【制作】将黑芝麻去杂，淘洗干净，晒干，放入铁锅中，用小火或微火炒熟出香，趁热研成细末，备用。将薏苡仁、枸杞子分别洗干净，同放入砂锅中，加水适量，大火煮沸后改用小火煨1小时，待薏苡仁酥烂呈黏稠状时，调入黑芝麻细末，搅拌均匀即成。

【功用】补虚润燥，生津明目，降糖降脂。

粟米薏苡仁绿豆羹

【原料】陈粟米60克，薏苡仁、绿豆各30克。

【制作】将陈粟米、薏苡仁、绿豆分别去杂，洗净后同放入砂锅中，加温开水浸泡片刻，待其浸涨后，用大火煮沸，改用小火煨煮1小时，煮至绿豆呈开花状，粟米、薏苡仁均酥烂成羹即成。

【功用】清热解毒，润燥止渴，生津降糖。

绿豆芝麻羹

【原料】绿豆500克，黑芝麻500克。

【制作】将绿豆、黑芝麻洗净，一同下锅炒熟，研成粉，临食时用开水调成糊状即成。

【功用】滋补肝肾，清利湿热。

南瓜羹

【原料】南瓜100克，肉汤50克，精盐1克。

【制作】南瓜去皮切成条，置于蒸笼中蒸熟，倒入锅中用铲子捣碎，加入肉汤和精盐继续搅拌捣烂，用小火煮至泥糊状即可。

【功用】健美强身。

粟米糯米羹

【原料】小米(粟米)粉 100 克，糯米粉 100 克。

【制作】将小米粉、糯米粉同放入盆内，用冷水浸泡，搅拌成稀糊备用。锅内放水适量，用中火烧沸，将二米粉稀糊徐徐下入沸水锅内，不断用勺搅拌，烧沸后改用小火熬段时间即成。

【功用】健美强身。

芝麻豆浆羹

【原料】豆浆 150 克，芝麻酱 2 克，面粉 10 克，精盐(或糖)、味精各适量。

【制作】用少量豆浆加面粉先调成糊状，再用余下的豆浆与之混合成稀糊。锅放火上，倒入调好的豆浆面粉糊和芝麻酱，用微火煮开锅，边煮边搅拌，防止粘锅，煮熟后，加入少许的精盐或白糖、味精即成。

【功用】健美强身。

赤小豆西米羹

【原料】赤小豆100克,小西米100克,白糖适量。

【制作】用清水1 000克入净锅煮沸,投入小西米,再沸改用小火焖煮15分钟,取出倒入淘箩中,清水冲净后,再浸入冷水中。赤小豆洗净,加入1 000克清水煮沸,改用小火焖煮至酥烂,投入焖煮过的小西米,搅匀煮沸,再加入白糖煮溶起锅。

【功用】养血健脾。

桂花豌豆羹

【原料】豌豆200克,白糖150克,糖桂花5克,藕粉10克。

【制作】将豌豆洗净,放锅内加水和少量的食碱煮,移小火煨烂,离火晾凉过筛,成豌豆泥。汤锅上火,倒入豌豆泥,放清水400克,烧沸,放白糖、桂花,用藕粉勾芡,倒入汤碗中即成。

【功用】和胃下气,止血开胃。

豆浆玉米羹

【原料】豆浆300克,玉米面50克,精盐、味精各适量。

【制作】玉米面用100克豆浆调成生糊备用。剩余豆浆煮沸3~5分钟,边搅拌边加入玉米面生糊,再用小火煮沸3~5分钟,加入精盐、味精调味即成。

【功用】补虚降糖，降压降脂。

山药芝麻藕粉羹

【原料】黑芝麻、藕粉、淮山药、白糖、大米各 500 克。

【制作】将黑芝麻、淮山药、大米分别炒熟，碾成细末后过筛取细粉，再将细粉与藕粉、白糖混匀，装瓷罐收贮。

【功用】美发护发，益气血。

首乌芝麻羹

【原料】熟首乌片、黑芝麻各 500 克，红糖 300 克。

【制作】将熟首乌片烘干，碾成细末；黑芝麻炒熟，压碎。炒锅放入清水和首乌末煎数沸，加入芝麻粉、红糖熬成糊状，盛于容器中备用。

【功用】补肝肾，美发护发。

芝麻核桃羹

【原料】黑芝麻、核桃仁、桑葚各 100 克，蜂蜜适量。

【制作】将黑芝麻、核桃仁炒熟、碾碎；桑葚子碾成末与黑芝麻、核桃仁末混合，加入蜂蜜调匀即成。

【功用】补肝肾，养阴血，明目。

红薯蜜羹

【原料】红薯500克,蜂蜜、糖桂花各适量。

【制作】将红薯刮去表皮,洗净,切成小厚片,放入锅内,加水适量,煮至红薯熟烂,加入适量蜂蜜、糖桂花,搅匀,煮沸,出锅即成。

【功用】护眼明目。

黑豆生地羹

【原料】黑小豆30克,生地黄30克,冰糖20克。

【制作】将生地黄放入锅中,加水煎汤,去渣取汁,再加黑豆煮烂,调入冰糖碎屑,溶化后即成。

【功用】清热滋阴。

黄豆花生枣羹

【原料】大枣250克,花生米(连衣)250克,黄豆500克。

【制作】将上3物洗净,放入砂锅中,加水后先用旺火烧沸,再用小火慢慢熬至浓稠似胶即成。

【功用】补铁,生血,养血。